杭州优秀传统文化丛书

Hangzhou Youxiu Chuantong Wenhua Congshu

野有歌谣
民有谚

王北奇 ——

著

杭州出版社

图书在版编目（CIP）数据

野有歌谣民有谚 / 王北奇著 . -- 杭州：杭州出版社，2022.8
（杭州优秀传统文化丛书）
ISBN 978-7-5565-1865-4

①野… Ⅱ . ①王… Ⅲ . ①民间歌谣—介绍—杭州
②谚语—介绍—杭州 Ⅳ . ① I276.255.1 ② I276.7

中国版本图书馆 CIP 数据核字（2022）第 137033 号

Ye You Geyao Min You Yan

野有歌谣民有谚

王北奇　著

责任编辑	朱金文
装帧设计	章雨洁
美术编辑	祁睿一
责任校对	陈铭杰
责任印务	姚　霖
出版发行	杭州出版社（杭州市西湖文化广场32号6楼）
	电话：0571-87997719　邮编：310014
	网址：www.hzcbs.com
排　版	浙江时代出版服务有限公司
印　刷	天津画中画印刷有限公司
经　销	新华书店
开　本	710 mm × 1000 mm　1/16
印　张	12.25
字　数	151千
版印次	2023年1月第1版　2023年1月第1次印刷
书　号	ISBN 978-7-5565-1865-4
定　价	55.00元

序　言

文化是城市最高和最终的价值

　　我们所居住的城市，不仅是人类文明的成果，也是人们日常生活的家园。各个时期的文化遗产像一部部史书，记录着城市的沧桑岁月。唯有保留下这些具有特殊意义的文化遗产，才能使我们今后的文化创造具有不间断的基础支撑，也才能使我们今天和未来的生活更美好。

　　对于中华文明的认知，我们还处在一个不断提升认识的过程中。

　　过去，人们把中华文化理解成"黄河文化""黄土地文化"。随着考古新发现和学界对中华文明起源研究的深入，人们发现，除了黄河文化之外，长江文化也是中华文化的重要源头。杭州是中国七大古都之一，也是七大古都中最南方的历史文化名城。杭州历时四年，出版一套"杭州优秀传统文化丛书"，挖掘和传播位于长江流域、中国最南方的古都文化经典，这是弘扬中华优秀传统文化的善举。通过图书这一载体，人们能够静静地品味古代流传下来的丰富文化，完善自己对山水、遗迹、书画、辞章、工艺、风俗、名人等文化类型的认知。读过相关的书后，再走进博物馆或观赏文化景观，看到的历史遗存，将是另一番面貌。

过去一直有人在质疑，中国只有三千年文明，何谈五千年文明史？事实上，我们的考古学家和历史学者一直在努力，不断发掘的有如满天星斗般的考古成果，实证了五千年文明。从东北的辽河流域到黄河、长江流域，特别是杭州良渚古城遗址以距今 5300—4300 年的历史，以夯土高台、合围城墙以及规模宏大的水利工程等史前遗迹的发现，系统实证了古国的概念和文明的诞生，使世人确信：这里是古代国家的起源，是重要的文明发祥地。我以前从来不发微博，发的第一篇微博，就是关于良渚古城遗址的内容，喜获很高的关注度。

我一直关注各地对文化遗产的保护情况。第一次去良渚遗址时，当时正在开展考古遗址保护规划的制订，遇到的最大难题是遗址区域内有很多乡镇企业和临时建筑，环境保护问题十分突出。后来再去良渚遗址，让我感到一次次震撼：那些"压"在遗址上面的单位和建筑物相继被迁移和清理，良渚遗址成为一座国家级考古遗址公园，成为让参观者流连忘返的地方，把深埋在地下的考古遗址用生动形象的"语言"展示出来，成为让普通观众能够看懂、让青少年学生也能喜欢上的中华文明圣地。当年杭州提出西湖申报世界文化遗产时，我认为这是一项需要付出极大努力才能完成的任务。西湖位于蓬勃发展的大城市核心区域，西湖的特色是"三面云山一面城"，三面云山内不能出现任何侵害西湖文化景观的新建筑，做得到吗？十年申遗路，杭州市付出了极大的努力，今天无论是漫步苏堤、白堤，还是荡舟西湖里，都看不到任何一座不和谐的建筑，杭州做到了，西湖成功了。伴随着西湖申报世界文化遗产，杭州城市发展也坚定不移地从"西湖时代"迈向了"钱塘江时代"，气势磅礴地建起了杭州新城。

从文化景观到历史街区，从文物古迹到地方民居，众多文化遗产都是形成一座城市记忆的历史物证，也是一座城市文化价值的体现。杭州为了把地方传统文化这个大概念，变成一个社会民众易于掌握的清晰认识，将这套丛书概括为城史文化、山水文化、遗迹文化、辞章文化、艺术文化、工艺文化、风俗文化、起居文化、名人文化和思想文化十个系列。尽管这种概括还有可以探讨的地方，但也可以看作是一种务实之举，使市民百姓对地域文化的理解，有一个清晰完整、好读好记的载体。

传统文化和文化传统不是一个概念。传统文化背后蕴含的那些精神价值，才是文化传统。文化传统需要经过学者的研究提炼，将具有传承意义的传统文化提炼成文化传统。杭州与丛书作者在创作方面作了种种古为今用、古今观照的探讨交流，还专门增加了"思想文化系列"，从杭州古代的商业理念、中医思想、教育观念、科技精神等方面，集中挖掘提炼产生于杭州古城历史中灵魂性的文化精粹。这样的安排，是对传统文化内容把握和传播方式的理性思考。

继承传统文化，有一个继承什么和怎样继承的问题。传统文化是百年乃至千年以前的历史遗存，这些遗存的价值，有的已经被现代社会抛弃，也有的需要在新的历史条件下适当转化，唯有把传统文化中这些永恒的基本价值继承下来，才能构成当代社会的文化基石和精神营养。这套丛书定位在"优秀传统文化"上，显然是注意到了这个问题的重要性。在尊重作者写作风格、梳理和讲好"杭州故事"的同时，通过系列专家组、文艺评论组、综合评审组和编辑部、编委会多层面研读，和作者虚心交流，努力去粗取精，古为今用，这种对文化建设工作的敬畏和温情，值得推崇。

人民群众才是传统文化的真正主人。百年以来，中华传统文化受到过几次大的冲击。弘扬优秀传统文化，需要文化人士投身其中，但唯有让大众乐于接受传统文化，文化人士的所有努力才有最终价值。有人说我爱讲"段子"，其实我是在讲故事，希望用生动的语言争取听众。今天我们更重要的使命，是把历史文化前世今生的故事讲给大家听，告诉人们古代文化与现实生活的关系。这套丛书为了达到"轻阅读、易传播"的效果，一改以文史专家为主作为写作团队的习惯做法，邀请省内外作家担任主创团队，组织文史专家、文艺评论家协助把关建言，用历史故事带出传统文化，以细腻的对话和情节蕴含文化传统，辅以音视频等其他传播方式，不失为让传统文化走进千家万户的有益尝试。

中华文化是建立于不同区域文化特质基础之上的。作为中国的文化古都，杭州文化传统中有很多中华文化的典型特征，例如，中国人的自然观主张"天人合一"，相信"人与天地万物为一体"。在古代杭州老百姓的认知里，由于生活在自然天成的山水美景中，由于风调雨顺带来了富庶江南，勤于劳作又使杭州人得以"有闲"，人们较早对自然生态有了独特的敬畏和珍爱的态度。他们爱惜自然之力，善于农作物轮作，注意让生产资料休养生息；珍惜生态之力，精于探索自然天成的生活方式，在烹饪、茶饮、中医、养生等方面做到了天人相通；怜惜劳作之力，长于边劳动，边休闲娱乐和进行民俗、艺术创作，做到生产和生活的和谐统一。如果说"天人合一"是古代思想家们的哲学信仰，那么"亲近山水，讲求品赏"，应该是古代杭州人的生动实践，并成为影响后世的生活理念。

再如，中华文化的另一个特点是不远征、不排外，这体现了它的包容性。儒学对佛学的包容态度也说明了这一点，对来自远方的思想能够宽容接纳。在我们国家的东西南北甚至是偏远地区，老百姓的好客和包容也司空见惯，对异风异俗有一种欣赏的态度。杭州自古以来气候温润、山水秀美的自然条件，以及交通便利、商贾云集的经济优势，使其成为一个人口流动频繁的城市。历史上经历的"永嘉之乱，衣冠南渡"，"安史之乱，流民南移"，特别是"靖康之变，宋廷南迁"，这三次北方人口大迁移，使杭州人对外来文化的包容度较高。自古以来，吴越文化、南宋文化和北方移民文化的浸润，特别是唐宋以后各地商人、各大商帮在杭州的聚集和活动，给杭州商业文化的发展提供了丰富营养，使杭州人既留恋杭州的好山好水，又能用一种相对超脱的眼光，关注和包容家乡之外的社会万象。这种古都文化，也代表了中华文化的包容性特征。

城市文化保护与城市对外开放并不矛盾，反而相辅相成。古今中外的城市，凡是能够吸引人们关注的，都得益于与其他文化的碰撞和交流。现代城市要在对外交往的发展中，进行长期和持久的文化再造，并在再造中创造新的文化。杭州这套丛书，在尽数杭州各色传统文化经典时，有心安排了"古代杭州与国内城市的交往""古代杭州和国外城市的交往"两个选题,一个自古开放的城市形象,就在其中。

"杭州优秀传统文化丛书"团队在传统和现代的结合上,想了很多办法,做了很多努力。传统文化丛书要得到广大读者接受,不是件简单的事。我们已经走在现代化的路上,传统和现代的融合,不容易做好,需要扎扎实实地做,也需要非凡的创造力。因为,文化是城市功能的最高价值,也是城市功能的最终价值。从"功能城市"走向"文化城市",就是这种质的飞跃的核心理念与终极目标。

2020 年 9 月

（单霁翔,中国文物学会会长）

西湖十景图（局部）

目　录

《弹歌》：先民捕猎的实时记录

　　几千年前的吴越大地上，先民在茂密的森林里，小心翼翼寻找猎物并接近它，伺机而动，用弓射发泥弹，追逐猎物。而他们所唱的歌谣也被收录在东汉史学家赵晔编撰的《吴越春秋》一书中，流传至今：

弹歌
断竹，续竹；
飞土，逐肉。

　　这首《弹歌》仅 8 个字，是中国远古留存下来的第一首歌谣，简短、质朴的诗句描述了远古先民制造工具，飞奔追逐肉食的画面，可以称得上是先民捕猎的实时记录。

　　跟随这首歌谣，仿佛回到中华大地的远古时空，古代先民留存的鲜活生命气息如在眼前。

　　时光穿梭，沧海桑田，一转眼来到五千年前。

　　这是一个初夏的清晨，阳光和煦，河水淙淙流淌，一群身穿兽皮的孩子们在河边嬉戏，木制鱼叉拍击着水

《吴越春秋》中关于"弹歌"的记载（"宍"为"肉"的古字，今本误作"害"）

面，偶尔叉到一条肥美的鱼儿，立刻用力甩落到岸边，孩子们兴奋得大喊大叫。

女人们聚集在田野上，有采摘野菜、野果的，也有人在用麻草拧成绳子，用骨针缝制兽皮，做成皮衣。强壮的男人们则准备去山林里狩猎。这是这个远古部落平常的一天。然而，只以打猎捕鱼为生，狩猎手段又比较落后，所以部落里的人们经常饥一顿饱一顿的，并不是经常能吃饱。有时还会几天都打不到猎物，现在是夏天还好，如果到了冬天，不能存储足够的食物，那么部落中的老弱病残很有可能因冻饿而死。

一个头发蓬乱、身体强壮的中年汉子从岩洞中走出来，他的脖子上戴着一圈兽骨和野猪獠牙串成的项圈，腿上肌肉隆起，手臂上一条疤痕十分抢眼，手拿尖利的长矛，眼神犀利，他就是这个部落的首领——华。

岩洞外，已经聚集了二三十个青壮年，手里拿着木叉、棍棒等狩猎器具。华一马当先，带着大家向远处的森林走去。他心中暗暗祈祷：神明保佑，今年夏天能多多打到猎物。

森林内，古木参天，藤萝遍布。

披裹着树叶、兽皮的部落众人分散开来，呈翼形小心翼翼地前行，他们不时蹲下来查看被踩踏伏下的草丛痕迹和野兽粪便的新鲜程度，来判断野兽的踪迹。

突然，走在最前面的华朝身后众人比了个停止前进的手势，他发现了野兽出没的踪迹。前方几步远之处，凌乱的湿地上有着明显的蹄印，旁边几棵大树，树干靠下的地方，树皮有被破坏过的痕迹。华走近大树蹲了下来，仔细观察树干和地上的痕迹，在树下捡起了几根黑灰色的鬃毛。他又往前走了走，看到了地上被拱开的土壤、几堆新鲜的粪便。华回身小声说道："是野猪！应该刚过去不久，看样子最起码有三四头，争取猎到一头，大家要小心些。"

众人眼睛放出光芒，有猎物了！不过野猪十分凶猛，狩猎野猪也是很危险的。华指挥众人分开，一队在后面追赶，另一队迅速绕路到前方围堵，两翼也留出人手包抄。很快，他们看到了野猪的踪影，众人迅速出击，几头野猪横冲直撞，拼命奔逃。埋伏在前面的华迎面撞上了一头野猪，野猪瞪着通红的眼睛冲向华，华一个打滚，避开了正面迎击。突然，侧方一股劲风袭来，华一扭头，一个硕大的黑影带着亮闪闪的獠牙扑过来。华喘着粗气连忙躲闪，脚下却突然一滑，身子猛地撞向了身后的一棵竹子，竹身被撞弯后，猛然一股弹力把华一下弹起，速度极快，恰巧躲过野猪的致命一击，而野猪正撞在了竹子上。咔嚓一声，竹子断裂了，野猪也撞晕了，原地打转。趁此时机，华急速翻滚起身，冲着野猪奋力掷出手中尖叉，叉子扎住了野猪头部，野猪一声嘶嚎，疯狂甩头。这时，其他人已经赶到，奋勇上前，攻击野猪，野猪伤势过重，不敌众人，终于倒地。这时，华才看到胳膊上被野猪獠牙划开了一道很深的伤口，血正在往外涌出。华看了看被撞断的竹子，如果不是这棵竹子把自己弹射出去，今天恐怕就要被野猪用獠牙挑死了。队伍里受伤的还有七八个人，大家简单包扎了一下，虽然受了伤，但他们还是很兴奋，这次一共猎到了两头成年野猪，这是很惊人的战果了。

暮色苍茫，华带着众人抬着野猪回到村庄，勤劳的妇女们在河边清洗采摘的野菜，清洗、收拾、分割猪肉。夜晚，部落成员围坐在火塘边，火塘里火很旺，陶罐里煮着猪肉和野菜，飘出一股股香味。部落巫师念念有词，祭拜天地，随后大家开始一起围成一圈手舞足蹈，欢呼着，庆祝收获的喜悦。

"哇——"一声婴儿的啼哭划破了寂静的夜空，大家的脸上露出喜色，部落又增加了一个新的小生命。即使环境恶劣，生存不易，但人类的繁衍依然生生不息。

这次狩猎后，华一直在思考，竹子反弹的力道如此大，如果用竹片制成弹弓，追击猎物，岂不是事半功倍？

在充满湿气的茂密的原始竹林里，华挥舞着骨刀、石斧，砍伐一根根竹子。他把竹子劈成片，截成合适长短，再用麻绳连接竹竿两头制成弓。但是麻绳不够坚固，使力气一拉就容易断。华和部落成员们经历了无数次尝试，不断改进。他们截断坚韧的竹片，用牛筋绳将两端系住，制成强弓，用黏土制成弹丸，既可以射鸟，又可以射兽。

密林中，一群手持弹弓、身背弓弩的部落汉子疯狂地追逐猎物。猎手们或昂首挺胸，或猫腰前进，手持竹弓及泥丸，随时击向猎物。这又是收获的一天，今年冬天过冬的食物应该够了。

暮色苍茫，众人满载而归，华看着大家手中的野兔、山鸡，忍不住心中欢喜，大声唱了起来："断竹，续竹；飞土，逐肉。"众人相和，歌声洪亮，传向四方。河岸上，一群少年欢快地跑了过来，接过大人手中的猎物，兴奋地蹦跳着，呼喊着，两个胆大的少年夏和孟跑到华面前，问道："首领，我们什么时候能去参加狩猎？"华拍了拍他们的肩膀："你们两个小子，不练好本领不能去！"夏和孟有点儿失望。华想了想，说："你们还小，力气不大，去深山里有危险。不如这样，你们结伴去后山捕猎吧，练练弹弓的准头，那边没什么猛兽。运气好会猎到一些山鸡、野兔等小的动物，既能给大家补充食物，也能锻炼身手，为今后去正式捕猎打下好基础。"

"首领，我们一定会努力的！"夏和孟欢呼一声跑开了。自从部落里有了弹弓，少年们都在练习使用，夏和孟他们两个是射得比较准的。他俩一直想跟着大人们出去正式狩猎，但是首领一直不允许。现在，他们终于可以去一展身手了！

第二天清晨，夏和孟早早就赶到了后山。

"嗖——"弹丸呼啸而去。

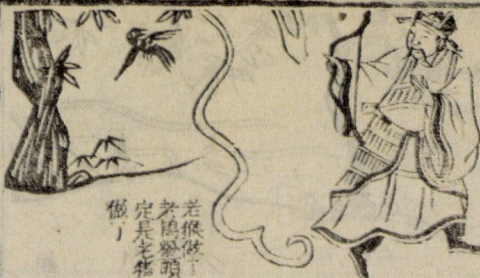

間遊不見踪跡心中暗想道這猴猻必然下水去也定變作黑蝦之

類等我再看看他果一變變作個魚鷹兒飄蕩在下溜頭波面上

等那大聖變魚兒順水正遊忽見一隻飛禽似青鵉不青並毛片不青似鷺

鷺頭上無纓似老鸛腿又不紅想是二郎變化了等我戲哩急轉頭打

箇花就走二郎看見道打花的魚兒似鯉魚尾巴不紅似鱖魚花鱗

不見黑斑似黑魚頭上無星似魴魚腮上無針他怎麼見我就慌忙出水

不似那裡魚頭上無鰓的啄一嘴那大聖就攛出水中一變變

作一條水蛇遊近岸鑽入草中二郎因嫌他不着見水嗍中一條蛇

攛出去認得是大聖急轉身又變變作一隻朱繡頂的灰鶴伸着一

箇長嘴徑來吃這水蛇水蛇跳一跳又變做一隻花鴇

正在溪汀之上二郎見他變得低賤花鴇乃鳥中至賤至淫之物不

拘鸞鳳鷹鴉都與交群故此不去攛傍即現原身取過彈弓

弹子把他打箇踉蹌那大聖趁着機會滾下山崖伏在那里又變變

一座土地廟兒大張着口似箇廟門牙齒變做門扇舌頭變做菩薩

眼睛變做窗櫺只有尾把不好收拾豎在後面變做一根旗竿真君

《全像西游记》中二郎真君使用弹弓的插图

野有歌谣 民有谚

HANG ZHOU

"唰！"一只受惊的野兔跳出草丛，拼命奔向前方。

数米外的树丛中，两个少年疾速跃出，一边追赶，一边投掷出手中的木叉。然而林茂草深，野兔三蹿两跳，几下就没了踪影。

"唉，又没击中！"夏捡回木叉，懊恼地甩着手中的弹弓。

"不要着急，咱们刚学打猎，以后多多练习就有准头了。"孟安抚道。

"好，希望下次击中！"夏笑起来，眼睛亮如明星。

两个围着兽皮的少年，身姿矫健，步伐轻快。斜阳铺就一天云锦，少年背影映入其中，有歌声传来：断竹，续竹；飞土，逐肉。……

远古先民的危险意识与求生欲促进了智慧成长，弹弓、弓弩由此诞生。这也是最早的弹射武器。有了"弹"和"弓"，人类部落能够更轻松地猎取食物，让部落里的人吃饱。原始的弹弓和弓弩虽然简单而粗糙，却是先民劳动智慧的结晶。先民在一代代的传承中，不断演变、进步，有了更先进的工具、更动听的歌谣、更强大的力量。最终，人类从原始社会步入了文明社会，而那古老的歌谣，似乎依稀还回荡在我们耳边……

《高皇歌》：畲族始祖盘瓠的英雄史诗

在杭州桐庐、建德等地的畲族乡村，流传着一首山歌——《高皇歌》。《高皇歌》是在畲族家喻户晓、广为流传的传史歌，这首史诗般的歌谣讲述了畲族始祖盘瓠的传奇故事，被畲族誉为"创世史诗"。

盘瓠出世

相传远古时期，帝喾坐镇中原，他是一位非常难得的好帝王，顺应民意，爱护百姓，所以深受百姓爱戴。

有一年，帝喾的妻子皇后娘娘[1]生了怪病，头昏耳痛。为了给她治病，帝喾访遍天下名医，用尽各种草药，朝臣们也纷纷出谋划策，求医问药，寻找偏方，可是一直无济于事。

转眼三年过去，皇后娘娘的耳痛依然没有治好。人们还惊奇地发现，这三年中，皇后娘娘的听力见衰，耳朵却见长。原本小巧的耳朵不知不觉长成了一双招风耳，就像是两个大蒲扇一般。虽然大家都假装没有看见，也不敢乱说什么，可自从皇后临水照影，看见自己那对大得出奇的招风耳后，她十分郁闷，再也不肯走出宫门了。

[1] 时无"皇后娘娘"之称呼，这里是民间叫法，采用《高皇歌》中的提法。

帝喾半身像

　　这天，一位朝臣从民间请来了个大夫。据说这大夫是神医，治好了无数疑难杂症。可当大夫来时，皇后却怕再次失望，不肯医治，她说："已经三年了，这么多名医也没有治好我的耳朵，就不用再费心思了。"

　　大夫却并不气馁，说："皇后娘娘，不久前，我遇到了一种奇症。一个男人怀孕两年，肚子圆滚滚，下坠到膝盖，疼得无法走路，却一直不能分娩。吃了我配制的草药后，他一连三天，肚脐流血流脓不止，当时所有的人都说我是庸医，以为他命不久矣。然而三天后，他就恢复得如正常人一般，可以下床劈柴了。"

　　大夫接着说："其实，他根本不是怀孕，而是肚子里有血瘀沉积。如果不驱散出来，肯定是活不长了。娘娘，您的病，我虽然没有十分把握，但说不定也能为您分忧，何不试试呢？"

听了医生的话，皇后才抱着试试看的态度，让医生进行诊治。

医生绕着皇后走了三圈，细细地观察一番，然后又用一方药香浓郁的帕子轻敷在娘娘的耳朵上，用蒲扇扇了几下。就在一旁的贴身侍女有些愠怒，责怪医生不懂礼数时，所有的人都听到了一阵窸窸窣窣的声音，而这声音居然是从娘娘的耳朵里传出来的！

只见医生捻了捻一根金黄色的细线，从皇后的耳朵里取出来一只金虫。

皇后惊奇地揉了揉耳朵："呀，耳朵真的不痛了！头也不昏昏沉沉了！"

所有的人都注意到：皇后的一双蒲扇大耳也瞬间恢复了正常。

大家都很高兴，又围着医生看这只小金虫。小虫有三寸长，浑身上下金光闪闪，它也不怕人，仰着小脑袋看着大家，看起来很是可爱。

皇后惊喜不已，连忙捧起这只小金虫，又让人赶紧取来银盘，把小金虫像宝贝一样放上去。皇后看着银盘里晶莹剔透的小金虫，怕它从盘子里掉出来，又命人拿了一个五彩斑斓的葫芦瓢盖上去。只见这只小金虫在盘子里开心地滚来滚去，不时地发出婴儿般咯咯咯的笑声。

皇后自言自语道："银盘里玩耍，瓠瓢中游戏，不如你的名字就叫'盘瓠'吧！"

盘瓠像是听懂了一般，发出了一阵阵开心的笑声。

畲族祖图长连中的盘瓠出世

皇后小心翼翼地捧着银盘和大家走到院子里，打算在阳光下仔细端详这个小家伙。没想到，一阵微风吹过，这小金虫身子竟然迅速长大，像是被风吹大一样，瞬间就长成了一条大蟒蛇。

围观的人们惊呼着："娘娘快看，盘瓠长成了金蟒！"

"简直太神奇了，你看它还在疯长呢！它的头上，居然冒出了龙角，身体上也生出了龙鳞，长出了龙爪，真是天降祥瑞啊！"

不过是几十秒的时间，小盘瓠变戏法一般蹿到了一丈二尺八寸长。它双目灵动，如蓝宝石般璀璨，口大如盆，若不是衔一颗洁白无瑕的珍珠，恐怕哈口气就会火花四溅。龙身灵动、龙尾向上、龙爪生风、龙须潇洒，上下盘旋，翻腾飞舞，还真是威风凛凛。

这时，听到消息的帝喾也急忙赶来，看到眼前的一幕十分惊异。盘瓠落了下来，把口中的珍珠放在了皇后娘娘的手心。然后，对着皇后和帝喾恭恭敬敬地磕了三个头后，仰首直入云霄，瞬间不见了踪影。正当大家面面相觑时，忽然在一片祥云环绕中，盘瓠又飞旋而归，绕着皇后娘娘的头顶盘旋不已。

帝喾又惊又喜，觉得这是天降祥瑞。盘瓠现在的样子又像龙又像麒麟，于是，帝喾决定再给它赐个威风的名字——"龙麒"，就像歌谣中传唱的那样：

像龙像豹麒麟样，皇帝取名叫龙麒。
尤麒生好朗毫光，行云过海本领强。

揭榜出征

中原在帝喾的掌管下，民富粮丰，百姓安居乐业。

乐享盛世太平的百姓们以为日子会永远这么幸福地过下去，却不料好景不长，居住在北方的游牧民族犬戎国番王垂涎中原富饶，屡屡兴兵侵犯边境。

他们一路烧杀掳掠，边境百姓苦不堪言，甚至一度出现十村九空的凄凉景象。

面对犬戎的侵犯，帝喾气怒又忧心，他多次点兵将对其驱赶征伐，可犬戎人凶残勇猛，惯于征战，中原的将士屡战屡败，频频退守。眼见领土被犬戎强占，百姓不是被犬戎杀害，就是被掠走成为奴隶，帝喾无比忧愤。无奈之下，他集结全部兵力，再次浩浩荡荡开到边境，讨伐犬戎。

犬戎人一直以游牧为生，野外作战能力极强，且擅长小股部队灵活作战。中原大军刚到边境，才安营扎寨，稍作休憩，就遇到了一场暴风雨。电闪雷鸣中，一列列犬戎兵勇手持长戟凿开了山石，让汹涌而来的洪水冲散了中原大军。

看到帝喾忧心战事，夜不能寐，皇后说："虽然犬戎骁勇，可咱们中原能人异士也很多，只是可能不在朝廷而已。重赏之下，必有勇夫，帝君您不如张贴皇榜，招募贤士，重赏勇将，若能击溃犬戎番王，再做嘉奖。您看如何？"

"重赏之后，再做嘉奖？"帝喾思忖了一下，说，"咱们的三公主待字闺中，举国上下都知道她绝色倾城。若有勇将能击溃犬戎，就招为驸马，许三公主与他为妻！"

很快，中原各地的城门口都张贴了皇榜："谁人法高挂帅印，加官晋爵再封银。谁人平得番王乱，许三公主结为妻。"

然而，即便这么诱人的奖赏在前，皇榜贴出去三日之后，依然无人来揭。大家纷纷说："犬戎太嚣张，只怕有心得帅印，无命享皇恩啊！"这时候，突然风雷巨变，天空黯然，只见一条金龙从天而降，守城将领定睛一看，正是盘瓠。

盘瓠毫无畏惧地揭下皇榜衔在口中，直奔皇宫。

看见盘瓠揭榜上殿，帝喾问："龙麒，你可是自愿平乱？"

盘瓠点了点头。

帝喾问："你可知道犬戎人皆为亡命之徒，异常狡诈，异常勇猛，也异常凶残？"

盘瓠揭榜平番

盘瓠再次点头。

帝喾问："龙麒，你出征犬戎需要带多少兵马，多少粮草？"

盘瓠摇了摇头。

帝喾问："难道你不带一兵一卒？"

盘瓠点了点头。

帝喾问："那你多久可以斩杀番王平乱？"

盘瓠点了三下头。

帝喾问："你的意思是三年可斩杀番王平乱？"

盘瓠点头。

帝喾说："皇榜上写得清清楚楚，如果谁能斩杀番王平乱，三公主就许给谁为妻。如果这次你能大功告成，你就是我的驸马！"

盘瓠听了，对着帝喾拜了拜，飞身长空，云翻雾涌，转瞬就不见了踪影。

盘瓠未敢懈怠，一路风尘劳累。他累了就盘踞在树上休憩一小会儿，渴了就在附近的溪流和江河中猛饮几口，饿了就吃一些野果充饥，风雨兼程七天七夜，终于到了番边犬戎人的营寨边。

虽然已经是深夜，营寨中却依然酒肉飘香，喧嚣阵阵。远远看过去，犬戎人围绕着篝火一边烤肉一边跳舞，而被他们俘虏来的中原百姓却不时被鞭打呵斥。再往前行，盘瓠看到几个兵勇正大口吃肉。其中一人招呼他："用这肉下酒，吃完更有力气！你也试试！咱们大王的绝世神功，就是靠这肉！"

另一个人说："大王真乃神人啊！他骁勇善战，他夜不闭目，边睡边杀中原人！在大王麾下，战无不胜，攻无不克！"

听到这里，盘瓠身上的鳞片都气得竖起来了！然而身在番邦，盘瓠势单力薄，怎么才能战胜敌人呢？

智斩番王

盘瓠眉头一皱，计上心来。

只见盘瓠摇身一变，就变成了一名番兵。许是番兵太多，没有点名造册；又许是管理混乱。总之，兵营里多了一名小兵，居然没有一个人发现。

就在盘瓠走过那个吃酒肉的番兵身边时，那人居然扯下一条羊腿扔给了盘瓠："吃饱喝足了，才有力气抢那些猪啊羊啊牛啊人啊！"

盘瓠不动声色地问："难道长力气就是为了去抢东西吗？我们也可以开荒种地，养牛养羊，自食其力呀！"

对方如同看一个怪物一样看着他："啥时候见咱们犬戎人做过这事儿？抢不比养来得更快吗？哈哈哈哈，你这傻乎乎的话要是让大王听到，说不定把你当成奸细斩杀了呢。"

另一个人说："会说出这样的话，绝对是贪生怕死的家伙。小心大王把你杀了祭旗！"

看来，很难说服这些番兵弃恶从善，他们已经深受番王影响，成为番王的工具。只有先斩杀番王，才能击溃这支番军。可是，这个番王又这么狡诈，如何才能孤身斩杀番王呢？

盘瓠决定先赢得番王的信任，再伺机动手。

从此以后，只要服侍番王的工作，盘瓠都主动领了。时间久了，番王也发现身边这个年轻人做事机灵，话也很少，有些要紧的事儿就会安排他去做。也有好几次，盘瓠想要趁着番王不备，一刀结果番王的性命，可这番王无论对谁都十分警惕，盘瓠只好作罢。

时光如白驹过隙，匆匆而逝。一转眼，盘瓠已经来犬戎之地两三年了。两三年来，他从来没有忘记自己的使命，忍辱负重，时刻准备刺杀番王。

这一天，番王领兵再一次攻入中原，抢劫了不计其数的金银财宝和粮食畜禽。番王得意而归后大摆筵席。一日之间，竟然摆了三次筵席，众番兵喝酒吃肉，好不快活。

到了晚上，全军都已经酩酊大醉。番王这次抢夺了特别多的财物，心中高兴，一时放松了警惕，也醉得像一摊烂泥一般沉沉睡去。兵卒们看到大王睡去，赶忙七手八脚把他抬到了高楼之上的寝宫，寝宫富丽豪华，摆满了抢来的财宝。安置好番王后，兵卒们更是开怀畅饮，整个营寨酒气冲天。

盘瓠知道，机会来了。

于是，盘瓠悄悄潜入番王的寝宫，如一道闪电一般，快速抽出利剑，咔嚓一声将番王的脑袋砍了下来。

"抓刺客！"一声惊呼，番军上下瞬间酒醒。

看着提着番王头颅的盘瓠，番兵一下子明白了怎么回事儿。他们急忙吹号打鼓，鸣金响锣，抓捕盘瓠。虽然盘瓠力大无比，勇猛无双，可番兵一个个都急红了眼往上冲，乌泱泱的一大群向盘瓠扑过来。

盘瓠在前边跑，番兵在后边追。枪刀好似竹林，密密麻麻，挤挤挨挨。

马不停蹄，争分夺秒，执刀不懈，衣带不解，不知道过了多少个白天黑夜，盘瓠终于逃到了边界地带。却没有想到，被滔滔江海挡住了去路。

此时，前边是浊浪滔天，后边有重兵追赶。

番兵终于把盘瓠赶到了绝路上，又是放箭又是掷戈，如虎狼一般扑了过来，让人躲无可躲。

突然之间，咔嚓一声巨响，盘瓠灵魂出窍，顿现"龙麒"真貌，只见他"呼——"的一声吐出一团团火球，把密密麻麻的箭林变成了火林。

还没等番兵弄清楚怎么回事儿，龙麒就没入了水中，无影无踪了。

变化为人

腾云驾雾，盘瓠游过了海。

得知盘瓠得手的中原官兵早已经在江边迎接他的归来。终于摆脱了番兵，这边已经锣鼓齐鸣。

"能够斩杀番王，这可是为中原万万千千民众造福的大事儿，也是江山社稷的大喜事儿！从此君王可安心，民众可无忧了。"前来迎接的官员已经准备好了盘子，用来盛放番王的头颅，以便送到京城觐见帝喾。

三年未见盘瓠，帝喾再见到盘瓠时，盘瓠已经兑现诺言，带来了番王的首级，真是为帝喾解了心头之忧。

看到盘瓠，帝喾笑意盈盈："龙麒，你斩杀番王，收复疆土，功劳甚大，我要对你封官晋爵，建府造邸！"

盘瓠听了忙摇头。

帝喾知道，盘瓠是想要自己兑现诺言，将三公主许他为妻。

可是美貌绝伦、心地善良的三公主，是帝喾最最心爱的女儿呀！虽然当时形势紧迫，国家危难，帝喾不得已出此下策，意在能寻找奇人异士救国救民于水火之中，可是，他怎么也没有想到，前来揭榜的竟是盘瓠！

而这盘瓠，虽然长得如龙似麒，威风凛凛，可毕竟没有人形，也不会说话。试问，哪个父母愿意把心爱的女儿嫁给一个口不能言、形不似人的怪物呢？

见到盘瓠执着地站在大殿上，有个官员前来进言："大王，这盘瓠为我们中原立下了不世之功，按照当时的榜文，应许三公主为妻。"

真是哪壶不开提哪壶，帝喾无奈地看了这个官员一眼，忽然想出一个法子。

帝喾一摆手，伺候他的侍卫便走了过来。帝喾小声与侍卫耳语后让其退下。不一会儿，侍卫就带着三个打扮得漂漂亮亮的"三公主"，蒙着盖头走上了大殿。

"盘瓠啊，当初，我在榜文上说了，谁能斩杀番王，就将三公主许他。现在你既已斩杀番王，我也会兑现诺言。"帝喾说，"我现在将三公主带上殿来，由你挑选。"

众人傻了眼，三公主变成三个公主。不用说，其中只有一个是真的，其余两个多半是刚刚被封为公主的侍女。

现在，三个公主还蒙着盖头，这让从来没有见过三公主的盘瓠怎么挑选？

只见盘瓠既不着急，也不生气，只是围着三个公主转了几圈，就很随便地从中选出了一个，牵着手走了出来。

揭开盖头后，帝喾的脸陡然变色：没想到盘瓠牵出来的，是真正的三公主！

帝喾还想设计阻拦，三公主却说了话："盘瓠征番功高盖世，是世间少有的大英雄，我愿意嫁给盘瓠。"

此时的帝喾，既为女儿识大体、愿牺牲而欣慰，又为女儿将要与一个不是人的怪物生活而心痛不已。但他仍然不甘心，又说道："盘瓠啊，我也很想把女儿许配给你，可是，你这个样子，还不能说话，着实让我心疼女儿呀！如果你能变成人，能开口说话，我就心甘情愿地把女儿许配给你！"

只见盘瓠口吐人言："陛下，我可以说话，也能变成人。但是，需要住进一鼎，密封的金钟里边，经过七天七夜才能变化成人。"

事已至此，帝喾也只好认命："好吧！"

在三公主的张罗下，一鼎金钟很快就准备好了。盘瓠深深地看了三公主一眼，义无反顾地进入了金钟内。

当金钟合上的那一刻，三公主的心里也很焦急，她拍打着金钟："盘瓠，这七天七夜你不吃不喝，会不会……"

金钟内洪声大作："三公主请放心，我一定会变成人来见你！"

这七天七夜，对于三公主来说，可谓是度日如年啊！

终究还是皇后心软，生怕误了女儿的终身幸福。到了第六天的时候，皇后这天晚上做了个梦，梦见已经被盘瓠斩掉头颅的番王变成了个无头鬼，他恶狠狠地对皇后说："你们让我不得好死，我也不会让你的女儿幸福！现在，金钟内的盘瓠变成了令人作呕的蛆虫，就让你的女儿守着蛆虫过一辈子吧！"

皇后打了一个寒噤，半夜醒了过来。可是她却怎么也睡不着了，在寝宫内踱来踱去，最后还是没有听从盘瓠的告诫，忍不住打开了金钟。

她想看看，盘瓠到底是不是蛆虫，想着最好的结果也无非是盘瓠此刻还是龙麒，并未完全转化为人。可是没有想到，在打开金钟的那一刻，一个模样英俊、身材健硕的青年男子居然站在了皇后面前！

看到这样的年轻人，皇后喜不自禁："你是龙麒？"

盘瓠点头含笑："正是。"

盘瓠真的变成了人！皇后连忙喊来帝喾和三公主，帝喾当场宣布："三公主嫁与龙麒！"

迎娶三公主

三公主和盘瓠的婚礼在举国庆祝中热热闹闹地完成。婚礼上，帝喾还封盘瓠为"忠勇大王"，并把广东赐给他作为封地。

这正是：

龙麒平番立大功，招为驸马第三官；
封其忠勇大王位，王府造落在广东。

成亲生子

婚后，盘瓠与三公主非常恩爱。他亲自在府邸的围墙周围为三公主种上了数百米长的玫瑰花墙，还亲手在花园之中建造了许多个可供三公主看景的亭台和游玩的秋千。

不过，由于帝喾舍不得三公主，又将盘瓠夫妇从广东召回，回到京城一起造府建院，一起生活。

其间，只要有战事，盘瓠必定会挂帅出征，而且百战百胜。一时间，边境十分安稳，无人敢犯。

一年后，三公主为盘瓠生下了一个男孩。盘瓠喜不自禁，请三公主为孩儿取名："三公主，你读书多，学问深，孩子的姓名由你来取，如何？"

三公主沉吟了一下，说："人生而为孝，要讲究孝道。我们夫妻今天和美恩爱、举案齐眉，要感恩父母。你无父无母，出世于我母后的耳朵，那我的父母也就是你的父母。我们孩儿的姓名，应该请父母赐予，你看如何？"

盘瓠连连称是，当即就把孩子如珍宝一般放在盘子里，带到帝喾面前。

帝喾说："孩子睡在木盘里，十分乖巧可爱，就赐盘姓吧。"

之后，盘瓠和三公主又相继生下两个男孩和一个女孩。

次子落地后，盘瓠与三公主又带着儿子进宫，请求父亲赐姓，帝喾见婴儿盛在篮子里，赐姓为蓝。

三子落地后，盘瓠与三公主又带着孩子进宫，请求父亲赐姓。就在帝喾打算提笔写下姓氏的时候，晴朗的天空忽然风云聚集、巨雷作响。帝喾说："看来这孩子天意姓雷啊！"

没过多久，三公主又生下一个女孩。女孩长得非常漂亮，简直和三公主是一个模子刻出来的。

就这样，一对夫妻，一群儿女，盘瓠与三公主幸福地生活着。

慢慢地，他们的儿女渐渐长成。三个儿子文武双全、英勇无比，既继承了盘瓠的果敢和勇气，又继承了三公主的善良和智慧；唯一的女儿也出落得貌美如花、品行端庄，不仅满朝的文武大臣纷纷前来求亲，就连域外的各国使臣也纷纷来中原为自己国家的王子求娶盘瓠的女儿。

可面对一家女百家求的局面，盘瓠也举棋不定，不知道该为女儿择哪家为良婿。三公主说："娶妻娶贤，嫁夫嫁能。我们可以摆个擂台，对所有适龄男儿进行文武考试，给女儿选一个人品好、才艺高的夫婿。"

话说这擂台摆开后，各地青年才俊、王公贵族闻讯而来，足有数千人。擂台分文武两大部分：文分诗词、绘画、算数三项，武有骑射、拳术、摆阵三项，共六项考核。

这个擂台赛打了足足一个月，经过一轮轮筛选，一轮轮淘汰，最终，一名钟姓男子从数千名青年才俊中胜出，成为盘瓠的女婿。

这位钟姓男子名叫志深，虽然不是什么王公贵族，但也一表人才。他眉目清朗，身高八尺，才华出众，英武帅气。小女儿对这个将要入赘的女婿也十分满意。

也许是自己娶三公主的时候波折太多，盘瓠并没有丝毫为难钟志深。就在他从数千人中脱颖而出、力拔头筹的时候，盘瓠就备好了酒宴，搭好了婚礼的高台，将女儿嫁给了钟志深。并在府中为他们划拨一处雅致的院落，作为夫妇俩的府邸。

畲族的盘、蓝、雷、钟四个姓氏，也是从那个时候起源并兴盛了起来。正如歌谣中所唱：

忠勇受封在朝中，亲养三子女一宫；
招得军丁为驸马，女婿本来是姓钟。
三男一女封端正，好餐皇帝管百姓；
掌在广东潮州府，留传后代去标名。

弃官解职

虽然天下太平，可盘瓠依然勤勉练兵。

多年来，他每天坚持在京城中领兵习武，教子耕耘，忠心耿耿地协助帝喾治国安民。

许是安乐的日子过得久了，帝喾自以为边境安宁，再也没有人敢于挑衅中原，于是，他忘了居安思危，忘了未雨绸缪，日日与百官享乐，不仅不顾及民生，对盘瓠每天操兵练卒也嗤之以鼻。

眼见满朝都纵情享乐，兵卒们也开始松懈起来，认为盘瓠练兵是多此一举，过于苛刻。他们试探着劝盘瓠："忠勇大王，以您的威望，谁敢来犯中原？别人都在喝酒，咱们却在流汗，值得吗？"

也有人说："之前出生入死，就是为了能够享受现在的平安生活。现在生活好了，为什么还要自己折磨自己，这样流血流汗呢？"

但盘瓠却不为所动，依然坚持练兵。见无法说服盘瓠，有些将士就开始投机取巧，向一些贪生怕死、吹牛拍马、投机钻营的官员靠拢，对盘瓠的要求也阳奉阴违。

盘瓠见此情形，就去劝帝喾重振朝纲，按法责令。

可是帝喾十分生气："什么叫重振朝纲？你的意思是国家在我的治理下日渐衰败？你也太放肆了！有没有看到现在国泰民安，五谷丰登，难道我们不该与民同乐吗？你看，我们分良田、赏银两，哪个人不拍手叫好？"

帝喾的话，朝堂上一片叫好，却让盘瓠伤心之至。

盘瓠说："陛下，您是分了良田，可是您知道良田分给了谁吗？哪些官员会讨好您，您就把分良田、粮食、银两的权力交给谁。他们分得公平不公平您也不知道。是他们独占还是分给幕僚，您一概不问。您知道这多让忠臣心寒吗？"

听了这话，帝喾更是气不打一处来："放肆！别以为你杀了番王，就可以一辈子坐在功劳簿上了！我对你也不薄，将最爱的女儿嫁给了你，你才有了现在的子女绕膝、其乐融融！可是，你却一点儿也不知足，企图挑衅我的威严！"

可是，帝喾却不知道，因为盘瓠刚正不阿，言辞犀利，明里暗里得罪了不少人，现在是"分田分不到，赏钱无一文，赐粮也无份，家无隔宿粮"。

这天回到家后，三公主看到盘瓠黯然神伤，才得知他在朝堂上已被冷落多日。看到丈夫一腔豪情无以报国，三公主也非常忧伤。

她问盘瓠："那你准备怎么打算？"

盘瓠说："好男儿志在四方，我在京城既不能为国出力，还不如回到广东潮州。"

三公主以为，盘瓠想要一家人举家迁到封地为王，可盘瓠却摇了摇头："我不爱功名利禄，只想施展抱负。否则，还不如归隐山林，以求安乐之居。"

得知丈夫要辞官去潮州的凤凰山，三公主也十分赞同："想当年，你斩杀番王前，曾在凤凰山隐居一段时间，那里虽然山高路险荆棘密布，却也是个隐居人世、解开忧虑的地方。"

话说这座凤凰山，方圆有三百六十里，山高三千六百尺。这座山不仅山形酷似凤凰，而且还真的住着一只美丽的金凤凰。很久以前的一天，金凤凰吃了一颗白玛瑙后生了个金光闪闪的凤凰蛋。凤凰蛋在凤凰巢里受了三十天露水，晒了三十天太阳后，从里面滚出一个胖娃娃来，这个胖娃娃叫高辛。

高辛十分聪明。他看到天地昏暗，就做了一个火球，抛到天上，成为太阳；看到烈日炎炎，就做了个水球，抛到天上，成为月亮；他把四溅的水花抛上了天空，变成了闪闪烁烁的星星。后来，他教人说话，教人唱歌，教人种粮，教人织衣。当世界逐渐热闹起来后，人们就尊他为帝，也就是后来的帝喾，三公主的父亲。后来呢，龙麒出生后，飞上天，飞过海，飞来飞去，最后也落在凤凰山上栖息。直到揭榜征伐番王之前，一直在这凤凰山生活。

盘瓠和三公主商量好后，就向帝喾辞行。

帝喾见到两人态度坚决，也不再挽留："临行，我赐你六个仓库选其一。这六个仓库不管你选哪一个，仓库里的所有东西都可以任你随便挑选。这仓库中，有的是金银珠宝，有的是粮食美味，有的是书本竹简，有的是刀枪剑戟。"

盘瓠随手打开一个仓库，发现仓库里是满满的铁器。他没有从中挑走宝刀和利剑，而是选了农具："我要用它，去山上开荒种地，置业安家。"

皇后听说女儿要跟着盘瓠去凤凰山，惊慌失措地来到大殿上："女儿呀，你可知道那凤凰山有多么荒凉，有多么偏僻？"

三公主说："和丈夫儿女在一起，再高的山我也能爬上去，再远的路我也能走过去。"

皇后说："那你知道那里渺无人烟、野兽出没、生活艰苦吗？"

三公主说："当年盘瓠不用一兵一卒，一人平定番邦。"

皇后说："既然如此，那就叫你父王在凤凰山给你们修一座宫殿，再给你备上金银财宝，让你们一家人一辈子在凤凰山无忧无虑地生活。"

三公主说："谢谢母后，我们一家人只想依靠自己的双手，建造房屋，开辟耕地，建立农场，自给自足。不用交粮纳税就行。"

就这样，盘瓠带着一大家人，浩浩荡荡地去往广东潮州的凤凰山。《高皇歌》中记载道：

> 龙麒起身去广东，文武朝官都来送；
> 凤凰山上去落业，山场地土由其种。
> 凤凰山上去开基，作山打铣都由其；
> 山林树木由其管，旺出子孙成大批。

斩妖除魔

话说盘瓠和三公主带着儿子盘自能、蓝光辉、雷巨祐，女婿钟志深和女儿辞别帝喾，去凤凰山辟疆创业。帝喾为嘉奖其英勇无双的功勋，敕封他为"忠勇王盘瓠侯"，并颁赐《开山公据》，钦定其子孙后代都可以"逢山开种，不税不徭"。

尽管已有思想准备，可是真正来到了凤凰山，三公主才发现，这里虽然风景秀丽，却也比想象中的更荒凉。

没有房屋，盘瓠带着家人一同建造；没有田地，盘瓠带着家人开辟了一处荒山，种上了粮食和果树；没有布匹，盘瓠和孩子们砍伐树木，为三公主和女儿做了台织布机。一家人白天劈柴，晚上织布，春天播种，秋来收获。很快，美丽的凤凰山变得富饶丰沃。

大儿子盘自能和他的妻儿住在东岭。二儿子蓝光辉和妻儿们住在南坡。三儿子雷巨祐和妻儿们住在西岙。女儿和女婿钟志深一家住在北岗。只有盘瓠和三公主仍住在凤凰山正中间。

好景不长，凤凰山富饶丰沃以后，引来了一些妖魔鬼怪的觊觎。

一夜之间，盘瓠养的家禽全都消失不见了，三公主下山寻找时，还发现周遭的一些居民忙不迭地扶老携幼要搬家。见这个阵势，三公主急忙打听："发生了什么事儿？"

一个妇女一脸恐惧地说："最近，常常有幼儿不明不白失血而亡，一开始大家都以为得了什么怪病。可是有一次，一阵狂风大作后，我居然看见一只头上长角、身上长毛的怪物正在吸食小孩儿的鲜血，看到我后，就向我扑了过来。幸好我纵身跳入了水中，要不是这拼死一跳，现在我也成了一堆白骨了。"

三公主听后十分震撼，回到家中告知盘瓠。盘瓠听后也十分吃惊。之后的多个日日夜夜，他一直不眠不休地蹲守在林中，果然多次遇到各种各样的妖魔鬼怪，这些妖怪变化多端，异常凶狠。

盘瓠虽然本领很强，可是面对这些形形色色的妖怪，也是心有余而力不足。于是，他命儿子和女婿下山，遍访神仙前来传道授技，捉拿妖怪。

功夫不负有心人。果真，一个白衣飘飘、仙风道骨的神仙被盘瓠一家的诚心感动，来到凤凰山上，设下香炉和祭坛，不仅捉妖降怪，而且还教了盘瓠很多法术。学会法术的盘瓠带领儿郎们大战四方，直杀得妖魔四处逃窜。至今，歌谣里仍然传唱着盘瓠的勇猛：

> 盘蓝雷钟学师郎，收师捉鬼法来强；
> 手把千斤天罗网，凶神恶煞走茫茫。

畲族祖图长联中的盘瓠氏

没有了妖魔的搅扰，凤凰山又恢复了之前的瑞气祥和。

而盘、蓝、雷、钟四个姓氏，也如深深扎根这里的大树一样，更加枝繁叶茂。

盘瓠殉身

凤凰山上飞禽走兽很多，盘瓠也很喜欢打猎。这天，盘瓠与往常一样，在山林里打猎。林中一阵窸窸窣窣，远远传来了老虎的吼声。不多时，盘瓠看见一只老虎冲了出来。

这老虎和平时见到的不同，身上没有丝毫的斑纹，竟然是一只白毛老虎，皮毛白得耀眼绚烂。盘瓠想："如果把虎皮剥下来，给三公主做一件棉袄，那妻子冬天就不用怕冷了，一定更加暖和。"

说时迟，那时快，盘瓠连发数箭，凶猛的老虎一命呜呼。

盘瓠拖着老虎回到家中，兴奋地朝着三公主喊道："公主，这一身虎皮，最适合为你做衣裙。"

三公主也非常高兴，心疼地端来茶水："这样的猛兽，你也要小心不要受伤，也别太累着了。"

此时，盘瓠忽然看见一只山鹿在附近跳跃，他顾不得喝水，拿起弓箭就追了过去。

盘瓠追到树林里，发现那只山鹿匍匐在地上，他提起猎弓瞄个正准，正要发射，那只山鹿又站了起来。盘瓠看见，原来，山鹿的身下有一只幼小的鹿崽。于是，盘瓠收弓回箭，走了。

盘瓠走上岗，又听见咩咩的叫声，看见两只羊在玩耍。那只又大又壮的羊顶着尖尖的角，眼看就要顶向旁边那只瘦弱的小羊。盘瓠一个跨步飞奔而去，一脚把那只霸道的壮羊踢到了一边，可是另一只脚却没有来得及收回，一脚踏空摔下了悬崖。

而这边，公主还在缝制虎皮，为盘瓠做衣裳。她等啊等啊，一直等到日落西山月上柳梢，也没有见到盘瓠归来。

"龙麒，龙麒——"山林中，公主叫哑了嗓子，可还是没有听到盘瓠的回应。情急之下，公主忽然想起，盘瓠曾经交给她一个龙角号子，说遇到危险的时候，就吹这个号子，他就会在最短的时间内赶来。

公主连忙取出龙角号子，爬上山顶呜呜呜地吹起来。每一声都那么迫切，每一声都像是呜咽。

龙麒的子孙听到龙角声，就从四面八方赶到山巅。得知盘瓠失踪后，盘瓠的子孙们赶紧去寻找。他们担心禽兽伤害盘瓠，就砍来桐木，做成响板，敲打起来，驱禽逐兽。怕在深山里寻找时走散，大家就吹角为号，振臂挥刀招呼。畲族的《祭祖舞》中，挥刀与龙角，响板与回头，就是从这里起源的。

找啊找啊，一直找了三天三夜，仍然不见盘瓠的踪影。

第四天的时候，一只老鸦飞过，发出呜咽的声音。

三公主突然有种不祥之兆，继而，只见千鸟起飞，百蝶起舞，奔赴同一个方向，好像要举行一个盛大的仪式。

所有的人跟着飞奔过去。在一面悬崖前，鸟儿蝶儿停了下来，盘旋空中，久久不去。人们这才发现，只见峭壁的中间长着一棵树，树上正挂着一个人！而这个人，正是盘瓠。

瞬间，凤凰山中都是人们的哭声。

峭壁那么陡峭，人力根本没有办法把盘瓠抬上来。怎么办？正在大家想办法时，突然，盘旋在头顶久久不肯离开的成千上万只鸟儿飞下了悬崖，它们上衔下托，把挂在悬崖上的盘瓠衔出了山上，轻轻地放在草地上，然后展翅飞向天空。

三公主虽然无比悲痛，但还是敛起悲伤。家族已经发展壮大，她现在是整个家族的主心骨。她把头附在盘瓠身上，发现他还有那么一丝丝的气息，于是，赶紧安排子孙把盘瓠抬回了家中。可还没有走到家中，盘瓠就咽下了最后一口气。

英雄逝去，天地同悲。

盘瓠下葬的那一天，整个凤凰山乃至整个潮州都风雨雷动，泣声不止，就连中原的群众也闻风而动，不远千里前来吊唁祭拜。

在盘瓠失事的地方，悬崖边的茵茵草地，开始滴滴答答地流出清泉，居然把埋葬龙麒的山坡，变成了一泓清泉。

德荫后世

盘瓠去世之后，三公主日日思念。

这天，三公主又早早地来到盘瓠的坟头祭拜，还没有走到山坡上，就远远看见上面好似幡纸翻飞，香雾缭绕。走进一看，是许许多多的百姓来祭拜盘瓠。

"忠勇王啊，番兵听说您不在了，就又开始骚扰边界，他们抢我们的房屋田地，掳我们的妻子儿女，杀我们的卫国义士。我们真是生无可恋，还不如追随您而去。我们一路乞讨来到这里，您若在天上有灵，请荫护我们的子孙平平安安，安居乐业吧。"

听了人们的话，三公主也禁不住掉下泪来。等难民们走后，三公主才来到盘瓠坟头，倾吐思念。

从白天说到黑夜，三公主不知道说了多久，也不知道哭了多久。凄凉悲切的公主不知不觉中就昏倒在盘瓠的坟头。

昏昏然然中，三公主看到盘瓠还和以前那样，气势威武。他走到三公主面前，扶起公主："公主，莫要悲伤，我虽然离开了你，那也只是肉身腐烂而已，我的灵魂已经得道成仙。这凤凰山虽然风景秀丽，也算丰沃富饶，可是毕竟限制了子孙更大的发展。你可否记得，当初咱们辞别京城时，父王帝喾曾经给我们《开山公据》，把神州大地遍布的大山宝泽都赐给了我们。现在，也该到让儿孙们出去创业的时候啦！"

公主问："那孩子们该往哪个方向去呢？"

盘瓠说："我的墓地上会长出一棵黄檀树，你让孩子们把这棵树砍下来做手杖，这根手杖会给子孙们指点，离开凤凰山后该去哪个方向开山拓土。"

公主醒来时，果然见到墓地上长出了一棵黄檀树。说来也怪，这棵树无枝无桠，冲天而立。公主立刻喊来自己的儿女子孙，给他们讲述了盘瓠的托付后，要他们砍掉这棵树，抬回家里，制作成为手杖。

没有想到，子孙们才刚刚举起砍刀，这棵树就轰然倒地，等大家去抬时，已经规规整整地裂变成 1024 根雕着龙麒头像的木杖。而这 1024 的数字，竟然刚刚好是盘、蓝、雷、钟四大姓氏的 1024 个宗房！

众人惊呆了，立刻跪拜祖宗显灵。

三公主为这些手杖取名叫"盘瓠杖"，并把这 1024 根木杖分发给 1024 家宗房。后来，这盘瓠杖也成了畲族在重大事情时颁布号令的工具。

"这手杖是你们的先祖龙麒的灵魂。孩子们，凤凰山不光是你们先祖龙麒的祖地，也是我的父皇帝喾的诞生地。可是，这天下很大，无数荒山等着你们开发，你们也应该志存高远，不能拘于一处。大家要按照先祖手杖的指示，各自按宗房劈山创业，往后分居神州的东南西北。"

此时，各个宗房族长手中的盘瓠杖上，雕刻的龙麒头开始扭动，纷纷指向不同的方向，只有老大盘氏的手杖岿然不动。

三公主说："长子不离祖。凤凰山是咱们的祖地，你们的先祖盘瓠就安葬在这里，老大盘氏就留在凤凰山守祖业。蓝、雷、钟三姓人从今天起，就按照先祖指示，迁往各处。要记住，不管你们走到哪里，你们都是英雄的子孙，都是忠勇王的后代，要向你们的先祖一样，做一个正直、勇敢、善良的人，要踏实肯干，要爱护百姓，要体恤民情，做一番事业，以慰先祖之灵！"

在这根神奇的手杖指引下，盘瓠的子孙们离开广东潮州凤凰山，向北迁徙。

他们有的来到了福建，在福州、罗源、古田、连江等地住了下来，男耕女织，养鱼种田；有的来到了浙江，在景宁、云和、丽水、遂昌、松阳等地生活，代代繁衍。他们继承了盘瓠的智慧和勇敢、勤劳和善良，披荆斩棘，战胜无数艰难险阻；也在盘瓠的萌护下，后代更繁盛，族群更兴旺。这就是后来的畲族，而盘瓠也被尊为畲族始祖。

至今，每到农历的"三月三"，居住在各地的畲族子民们，都会举办"三月三"畲族民俗文化节，穿上漂亮的民族服饰，唱起动听的山歌，跳起欢快的舞蹈。杭州的桐庐、建德都有畲族村，三月三的时候，相信热情好客的盘瓠子孙会非常欢迎人们去做客呢！大家也会亲耳听到这首传奇的英雄史歌：

> 盘蓝雷钟一宗亲，都是广东一路人；
> 今下分出各县掌，何事照顾莫退身。
> 盘蓝雷钟在广东，出朝原来共祖宗；
> 今下分出各县掌，话语讲来都相同。
> 盘蓝雷钟一路人，莫来相争欺祖亲；
> 出朝祖歌唱过了，子孙万代记在心。
> 盘蓝雷钟一路郎，亲热和气何思量；
> 高辛皇歌传世宝，万古留传子孙唱。

《钱大王》：吴越大地的神人国君

……天下大乱，豪杰蜂起。方是时，以数州之地，盗名字者，不可胜数。既覆其族，延及于无辜之民，罔有孑遗。而吴越地方千里，带甲十万，铸山煮海，象犀珠玉之富，甲于天下。然终不失臣节，贡献相望于道。是以其民至于老死不识兵革，四时嬉游，歌鼓之声相闻，至于今不废，其有德于斯民甚厚。

——苏轼《表忠观碑》

表忠观碑

一脚跨过钱塘江的钱大王

在杭州一带，流传着一首《钱大王》的民歌：

钱大王，
一脚跨过钱塘江，
东蜀山，西蜀山，
肩头挑一担。
狗一喊，
掷过一团烂泥变琴山，
扔过扁担变南门江。

哎哟，这民歌中的"钱大王"是何许人也，居然如此厉害，一脚就能跨过钱塘江，难不成是个神仙？非也非也，这钱大王，乃是五代十国时期的吴越国开国君主钱镠。只因他保境安民，兴修水利，发展农桑，着实为老百姓做了很多好事儿，这才被百姓们感念，把他编入歌谣，口口相传，一直吟唱至今。民歌中为什么把钱大王描述得这么厉害呢？我们看看当时的历史环境就知道了。

907 年，唐朝灭亡。随后中原地区陆续出现了后梁、后唐、后晋、后汉和后周等五个政权，而在这五个政权中间，又陆续穿插出现了十个割据政权，历史上统称为"五代十国"时期。这一时期，诸侯割据，战乱不断，民不聊生。然而，位于江南一带的吴越国却宛如世外桃源，百姓安居乐业，"其民至于老死不识兵革，四时嬉游，歌鼓之声相闻"。就是说这吴越国的百姓，甚至一辈子都不知道打仗是怎么回事，一辈子不用上战场，吃得饱穿得暖，没事还能嬉戏游玩，唱唱歌跳跳舞。用现在的话说，这也太嗨皮了吧！乱世奇景，正是钱镠一生功业所在。所以，在歌谣和传说中，钱镠被描绘得堪比神人，虽然带有夸张的成分，但百姓对钱镠的爱戴却情真意切。至今，杭州百姓依然在用美好的故事和传说，来纪念这位曾为江南百姓作出过巨大贡献的"钱大王"。

钱王出世，险些被弃

临安功臣山以前叫大官山，大官山南面有条山垄，垄底有一户人家，当家人叫钱宽。有一天，钱宽做好农活回来，很远就发现自己家屋子顶上爬着一条蛇，走近些一看，这蛇身下有四只脚，头上还长着两只角，又像蛇又不是蛇。他吓了一跳，不知道这是什么怪物。等临到家门，再看看，那怪物已经不见了。钱宽心里头想想总觉得不大吉利，就没敢同母亲和妻子讲。过了几天，并没有什么不好的事发生，而妻子也已经怀孕了，他也就把这件事忘记了。

农家日子过得很快，转眼间，就到了钱宽妻子生产的日期。这天是二月十六，钱宽做工回来，离老远就看到自己家屋子顶上有一道红光。他吓坏了，以为失火了，急忙跑回去，一边大喊着："着火了，屋里着火了，快点来救火！"周围邻居一听，连忙挑起水桶，朝他家里跑来。可等大家跑来了，却发现眼前的屋子好端端的，一点儿火星都没有。众人都松了一口气，钱宽也觉得不好意思，连忙和大家道歉："是我看错了，实在对不起大家。"大家看看没事儿，也就各自回去了。

这时，屋里传出一阵婴儿的啼哭声，钱宽赶紧冲进屋里，接生婆笑哈哈地对他说："恭喜恭喜！生了个男娃娃！"

钱宽听了十分高兴，赶紧从接生婆手里抱过婴儿。他定睛看去，这一看，他心里扑通一跳：小婴儿脸孔又

039

钱宽水邱氏夫妇墓

黑又蛮，哭声又粗又野，面相一点儿不像普通婴儿，长得十分丑陋怪异。

当时神鬼之说盛行，受此影响，钱宽觉得这个孩子长成这样，恐怕是不吉之兆，心想：这孽种一定不是个好东西，大起来是个闯祸精，弄得不好还要因此被砍头。钱宽越想越怕，打发接生婆走了之后，也不说话，偷偷抱起孩子朝屋后山上那口井噔噔噔跑去，想要扔掉他。

幸好钱宽的母亲看到了，她拦下钱宽，气愤地问："你想把孩子带到哪里去？"

钱宽就把自己的担心讲了，并且老实说了把孩子扔掉的打算。钱宽的母亲气坏了，照着钱宽就打了一巴掌，说："我好不容易有了个小孙子，你居然还要扔掉，真是罪过哟！"说完，她一把从钱宽手里夺过孩子，回到房间里。钱宽妻子知道后，又生气又担心。她怕钱宽再偷偷扔掉孩子，就和婆母商量，把孩子送到了外婆家里去养。钱宽没给孩子起名，因为孩子是阿婆留下的，大家都喊他"婆留"。婆留长大后，以"留"同音字"镠"取名叫钱镠。作为父亲的钱宽，一定想不到，这个险些被他抛弃的孩子，长大以后会成为一国之君。

"一分本事一分钱，十分本事挑私盐"

小时候的钱镠就初步展露了指挥才能。他们居住的村子里有一棵大树，村里的孩子们都喜欢在树下玩耍。树下有一块大石头，钱镠坐在石头上，把孩子们分成几个队伍，发号施令，指挥大家游戏，而且号令很有章法，其他小孩子没有不服的。

钱镠稍大些后，不爱读书耕田，就喜欢舞枪弄棒。那时候，盐税很重，一担盐要给官府缴纳半担盐价的税，缴了盐税，剩下的根本就不赚钱了，所以挑盐的人都想方设法逃税，成为"贩私盐"。由于家境贫寒，钱镠和一些伙伴也偷偷地贩卖私盐，他们经常翻山越岭走一些险峻的山路，还要逃避官兵的追捕，在这样的环境下，钱镠练就了一身本领。而关于钱镠贩盐，还留下了一个有趣的传说。

有一天，钱镠挑了一担盐，被管盐税的官兵拦住了，要他缴税。钱镠嘴上答应着，心里却不愿意。官府盐税那么重，缴完税还能剩下啥？他放下盐担，四周一看，旁边有个捣米的大石臼。钱镠说道："正好走路累了好休息。"说完他上前用脚一踢，石臼竟然一下子被踢个底朝天，钱镠就势坐在石臼上，解开随身带的饭包吃了起来。一旁的盐兵惊呆了，嗫嚅半天不敢开口再朝他要盐税。就这样，钱镠吃完饭，挑起盐担就走了。

没想到第三天，挑着盐担的钱镠又碰上了这个盐兵。盐兵知道钱镠厉害，就对他说："你想不缴税也可以，只要你担子能一直在肩上不歇下来。"没想到，他话音刚落，钱镠身旁一起挑盐的伙伴们，都纷纷过来把盐担压在了钱镠的肩上。几个人的盐担加起来足足有一千多斤！盐兵惊讶得直吐舌头，心想：哎呀，这样的人可不敢惹，赶紧放行吧。

又过了三天，还是这个盐兵值岗。看到钱镠挑着担子过来，盐兵心里想：这小子仗着本事大，连逃了两次税，这次我非要难住他。

盐兵四下一张望，刚好看到前面一座桥。他指着桥对钱镠说："如果你今天不从桥上走，能从溪里过去，才算你的本事。"

钱镠咧嘴一笑，挑着盐担大步迈开，涉水过溪。过去之后，不但盐担没有被水打湿，就连脚下的鞋子都好好的。

盐兵目瞪口呆，从那以后，钱镠挑盐就再也不缴税了。而杭州民间也就此流传开这样一句俗语："一分本事一分钱，十分本事挑私盐。"

英勇善战，一战成名

传说虽然是传说，但钱镠贩过私盐确有其事。不过对于心怀大志的钱镠来讲，这怎么能是长久之计呢？很快，钱镠等到了人生第一次重大转折。

唐朝末年，王仙芝、黄巢起义爆发，临安守将是镇海节度使董昌。为了应对起义军，董昌赶紧招兵买马。

钱镠得知消息后，决定投军入伍。他带着几个伙伴一起加入到董昌的队伍。不久后，有勇有谋、作战一马当先的钱镠引起了董昌的注意，很快，董昌提拔他成为一员将官。

879年，黄巢率众进攻杭州。当时形势危急，城内守军还不到一千人。百姓人心惶惶，将士看到兵力悬殊，也都惴惴不安，很多人想弃城而逃。当此危急之际，钱镠站了出来。他主动请战，挑选了二十个精干士兵随他埋伏在城外一处山谷中。黄巢所部先锋大将带领一小股军队在前面探路。当他们走到山谷时，钱镠趁其不备，一箭射杀了这名先锋。顿时，队伍大乱。这时，埋伏的二十人弓箭齐发。对方阵脚已乱，伤亡上百人，根本无法组织有效的反抗，四散而逃。

虽然只有二十人，但钱镠不退反进。前面有一处名叫"八百里"的险要关口，钱镠决定在此处设下埋伏。埋伏好后，钱镠告诉四周的村民："如果有人问起前面驻扎了多少士兵，你们就说'临安驻兵八百里'。"

溃退的黄巢先锋部队很快与大部队会合，整顿好后重新向临安进发。溃兵刚刚被钱镠打得吓破了胆，又把这事添油加醋向将领汇报了。这次，将领很是小心，他们找来村民，打听前面有多少驻兵。村民按照钱镠的话说："临安驻兵八百里。"将领一听，吓坏了：八百里驻军，这得多少人啊！十几个人就能杀死我们上百人，八百里驻军，这要是攻过去，不是要全军覆灭嘛！

于是，将领急忙率部撤退。钱镠一战成名。

屡立战功，受封国王

没过多久，董昌与越州观察使刘汉宏发生了争战，钱镠奉命攻打刘汉宏。几次战役后，刘汉宏被擒，钱镠大胜而归。887年，董昌被任命为越州观察使，钱镠被任命为左卫大将军、杭州刺史。随后的几年，钱镠四处平叛，战功赫赫，威名日震。

895年，董昌发动叛乱，在越州自立为帝。钱镠听说后，给他写信，劝谏道："与其关起门来当皇帝，与九族、百姓同受涂炭，不如当一个节度使，能得终身富贵！"可是董昌不听。后来，朝廷下令钱镠征伐董昌。几年后，董昌兵败自杀，钱镠被朝廷任命为镇海、镇东两镇节度使，并被封为吴王。

907年，朱温代唐称帝，建立后梁，封钱镠为吴越王。而此时，吴越大地上，钱镠早已经是事实上的统治者。923年，钱镠被册封为吴越国王，吴越国正式建立。他改府署为朝廷，设置丞相、侍郎等百官。至此，吴越大地迎来了一位开明有德的国君。

王者歌手，平易近人

钱镠虽然成为一国之君，但依然十分恋旧。906年，钱镠决定再次回家乡看看，并准备大宴故老，与民同乐。他早早发出告示，让十里八村的父老乡亲们都来参加宴会，尤其是邀请年纪大的老人们。

一路上旌旗飘扬，前呼后拥，钱镠返回乡里。乡民们也欢天喜地，早早准备好了迎接。数百桌酒席已经摆好，乡亲们扶老携幼都来参加，一派热闹喜庆的场景。为了表示对老人的尊重，钱镠给大家准备的酒杯也很有讲究：

七十岁以上的老人用银杯，八十岁以上的老人用金杯，九十岁以上的老人用玉杯。

筵席之上，钱镠与乡邻们畅叙乡情，开怀畅饮，十分热闹。钱镠衣锦还乡，环顾四周，满耳乡音，既感慨又高兴，于是拿起酒杯，起身大声吟唱了一首《巡衣锦军制还乡歌》：

三节还乡兮挂锦衣，
碧天朗朗兮爱日晖。
功成道上兮列旌旗，
父老远来兮相追随。
家山乡眷兮会时稀，
今朝设宴兮觥散飞。
斗牛无孛兮民无欺，
吴越一王兮驷马归。

《古今图书集成》记载的《巡衣锦军制还乡歌》

然而唱完之后，并没有钱镠预想中大家拍手叫好的场景，乡邻们都愣愣地看着他，这诗句文绉绉的，大家根本没听懂是什么意思。大臣们一看，这有点儿尴尬，就赶紧带头鼓起了掌，乡亲们虽然也跟着鼓掌，但掌声零落稀疏。钱镠想了想，又重新用家乡的方言唱道：

你辈见侬底欢喜，
别是一般滋味子。
永在我侬心子里。

这回，他刚唱完，四周掌声雷动，乡邻们都喜笑颜开、大声叫好。许多人还跟着钱镠的节拍合唱起来，歌声交融，声震山野。钱镠高兴地和大家致意。作为一国君主，还能像以前一样和乡邻们唱歌饮酒，谈天说地，也许，这就是"王者歌手"钱镠吧。

不忘孝心，赤脚背娘

临安当地流传着这样一句民间俚语："侬要孝敬爹娘，学学钱王背娘。"这里面还包含着一个故事。

钱镠做了吴越王之后，在杭州建造了王宫。宫殿连成一片，大气华丽，每个房间都宽敞舒适。看着建成的王宫，钱镠想起辛劳一辈子的母亲。他想，这么多年自己一直在外征战，现在境内安定，是该把母亲接过来享享清福了。于是，他一边派人去临安老家接母亲，一边派人布置环境优美的宁清楼。等老母亲来了，钱镠就把母亲安置在宁清楼居住。没想到，住惯了农家小院，吃惯了粗茶淡饭，做惯了农活的老太太猛然住上华美宫殿，吃上山珍海味，过上衣来伸手饭来张口的生活，感到非常不习惯，没多久，竟然闷闷不乐生起病来。

钱镠知道后，赶紧请来名医给母亲诊治。其实老太太并没什么大病，大夫开了些调养的药，又嘱咐让老人多活动活动。那时候是在冬天，钱母在乡下的时候习惯了在院子里晒太阳，现在住上了宫殿楼阁，下楼不方便了。钱镠就每天都来背母亲出去晒太阳，他穿着靴子，头上还戴着冠冕，上下楼很是不方便。钱镠干脆把冠冕一摘、靴子一脱，卷起裤脚、光着脚背着母亲走楼梯，这下就方便多了。

有一次，大臣罗隐路过宁清楼，刚好看到钱镠背着老太太从楼上下来。钱镠把母亲放下，扶着她坐在座椅上晒太阳，自己也累了，呼哧呼哧喘了几口粗气。罗隐忍不住劝谏道："大王，您的身体也不是很好，体力也不像年轻时了，像背老太太上下楼的事情，完全可以让侍卫来做，不需要您自己亲力亲为啊！"

钱镠笑着摇摇头，说："你辅助我治理朝政，做得都很好。但这话却说错了，别的事情我都可以让别人代劳，只有这件事不行。没有父母，哪来今天的我呢？我这个做儿子的，常年在外南征北战，几乎没有照顾过家里。到现在总算安定下来，是时候该报答父母的养育之恩了。而且，母亲对我的恩情是我一辈子也报答不完的。"

罗隐听了以后，深为感佩，说道："明君爱民，先从爱自己父母做起。如果您连父母都不孝敬，又怎么能指望您爱护百姓呢？臣这次说的是不对，臣认错。"

钱镠听了哈哈大笑。

后来，钱王赤脚背娘的故事流传开来，当地百姓也经常用"侬要孝敬爹娘，学学钱王背娘"这句俚语来教育晚辈。

厚德治国，荫蔽后世

钱镠在位期间，对内体恤，一直鼓励农耕、发展农桑、兴修水利，对外和平，从不主动发起战争，是一位不可多得的好国君。有鉴于自己年轻时候吃过税赋过重的苦，他大大降低了百姓的税费负担，穷了官府，却富了民间。在他的治理下，吴越边境安定，经济繁荣，百姓乐业。日子过好了，又没有对外战争，才有"四时嬉游，歌鼓之声相闻"的太平盛世景象。这在当时那个动乱的年代堪称奇迹，不知羡煞了多少其他地区的百姓。

当时，江浙沿海地区，尤其是钱塘江海潮浪急潮大，潮头最高的达十多米，经常淹毁农田，冲垮房屋，卷走人畜财物，百姓深受其害，却又束手无策。这一问题很多年来都没有得到解决。到了钱镠时，肆虐多年的钱塘江大潮水患终于迎来了全面治理的这天。

钱镠实地考察多次，终于制定了治理方案。910 年，钱镠发动了二十万人，带领大家修筑石堤。《旧五代史·钱镠传》中记载："钱塘江旧日海潮逼州城，镠大庀工徒，凿石填江。"他们先把石块装在笼子里，再用木桩把笼子固定在江边，这样就形成了一道坚固的石堤。这样做，既保护了江边农田不再受潮水侵蚀，又能通过沿岸石塘的蓄水功能，为江边百姓提供农田灌溉。钱塘江大堤的基础就此形成，此后历朝历代又对大堤进行加固和修缮，百姓终于免除了钱塘潮患之苦。为了纪念他，百姓修建了"钱王祠"。至今每逢年节，杭州百姓还会去钱王祠祭奠钱镠。

932 年，钱镠病逝，享年 81 岁。他临终前告诫子孙要与中原王朝修好，无论中原是否朝代更迭，都要忠于朝廷。978 年，随着十国中的南唐被宋太祖赵匡胤所灭，

吴越钱氏海塘遗址

除偏安一隅的吴越国之外，天下尽归于宋，宋朝一统天下已是大势所趋。此时的吴越王是钱镠之孙钱弘俶。尽管有许多人愿意跟随钱氏一族抵抗，但为了避免百姓因战乱流离，钱弘俶遵从祖训，降于宋朝，史称"纳土归宋"。

从 907 年钱镠被封为吴越王，到 978 年吴越归宋，在这朝代更迭、诸侯割据的动荡之世，吴越国百姓安享了几十年的太平时光。即使最后也未曾被战火侵袭。以一人之力，荫蔽一方百姓，造福后世子孙，可以说，钱镠功高德厚，不愧名垂青史。

千古深情，陌上花开

谁也不会想到，除了文治武功的虎胆，钱镠还有着细腻温情的一面。他与王妃戴氏伉俪情深，这么多年战火纷飞，戴氏随着他出生入死，始终是他坚实的后盾，所以钱镠对戴氏的感情非常深厚。

戴氏非常孝顺，每年都会回临安娘家住上一段时间，看望并侍奉父母。戴氏每次回娘家，钱镠都会与戴氏通信，互诉衷情。

戴氏每年回家省亲的时候，临安县令都很重视，要亲自到三十里外迎接，然后过八百里，走五里桥、十锦亭、长桥，把王妃迎到县堂歇息一夜。第二天，再起程去王妃父母住的郎碧村。一路上，县令组织的乐班吹吹打打，衙役们有开道的、有殿后的，队伍拉得很长，前呼后拥，热闹非凡。当王妃的省亲队伍路过郎碧村的邻村时，在苕溪两岸劳作的村民们都会停下手中的活，翘首观望。那时，苕溪两岸的芦花常被风吹得纷纷扬扬。戴妃红红绿绿的省亲队伍穿行在一片雪白的纷飞芦花中，引得沿途的村子中鸡鸭乱飞、狗儿乱叫，场面又热闹又有趣。

等到了阳春三月，田野里的紫云英开了，山上的杜鹃红了，王妃省亲的队伍又在临安县令的伴送下，一路吹吹打打，浩浩荡荡地回归杭州，年年岁岁都是这样。所以，乡间传唱着顺口溜："十二月里芦花飞，王妃娘娘回乡里。狗儿汪汪叫，鸡鸭满天飞。县官打寒噤，差役跟着吃臭屁。"歌谣生动形象，让人忍俊不禁。

有一年春天，钱镠处理完政务出来，看到原野青青，野花点点，已经是初春十分。而王妃此时尚在临安娘家未曾归来。钱镠忍不住思念之情，决定催促一下妻子，

但又不舍得让妻子着急，于是他提笔凝思，写道：陌上
花开，可缓缓归矣。

没有一句直白的催促，但其中真情跃然纸上，王妃
见信，感动垂泪，很快就回来了。

后来，当地人把这事传唱成歌谣，北宋大词人苏轼
听到后，也为之感叹不已，并特意写了三首《陌上花》：

陌上花开蝴蝶飞，江山犹是昔人非。
遗民几度垂垂老，游女长歌缓缓归。

陌上山花无数开，路人争看翠輧来。
若为留得堂堂去，且更从教缓缓回。

生前富贵草头露，身后风流陌上花。
已作迟迟君去鲁，犹教缓缓妾还家。

千古风流，斯人已去；一代豪杰，深情仍存。人间
不见钱王勇，但是江浙，至今还有他的传说……

《马明王》：祝愿养蚕丰收的生产祈福民歌

古时候，杭嘉湖一带有唱《马明王》的习俗，祝愿养蚕丰收和传播养蚕知识。养春蚕时，唱《马明王》的艺人挑着一副担子，到蚕农家去唱《马明王》。唱好后，给蚕农家送一张"马明王""蚕花五圣"（均为蚕神）或者蚕猫的剪纸，蚕农家则回送年糕、团子、几个铜钿或者一点儿米作为酬劳。

《马明王》蚕谣在蚕乡流传很广，内容是描述春蚕饲养的过程，也讲述过去古老的养蚕生产知识，介绍养蚕经验。歌谣中第一句就是："马明王菩萨到府来，到你府上看好蚕。"这里提到的马明王菩萨，就是蚕神中最负盛名的一个，民间一般也称之为"马鸣王菩萨""马头娘"或者"蚕花娘娘"。关于马明王菩萨的来历，还有一个传说。

很久很久以前有一户人家，父亲在很远的地方征战，家里只有一个孤苦伶仃的女儿，喂养了一匹白马。女孩一人在家，思念父亲，一心盼望父亲早日归来。可是盼了很久，父亲还是没有回来，女孩心里又急又担心。

女孩对白马开玩笑地说："马儿啊马儿，如果你能把我父亲接回来，我就嫁给你。"白马闻言竟然像听懂了一样，仰天长啸一声，随即挣脱了缰绳，向外飞奔而去，一直跑到女孩父亲的所在，然后对着家里的方向悲嘶不已。父亲见到家里的马跑来，既惊喜又担心家中有什么事情，就骑着白马回家看看。女孩见到父亲，十分高兴，觉得白马很有灵性，就给它喂食更好的草料。可是白马却不肯吃，只是一见到女孩就奋力挣扎，或高兴或悲伤或愤怒，像是有什么话要说一样。

父亲见到这种情况，觉得很奇怪，就悄悄地问女儿，才知道女儿当初许过的承诺。父亲想：一个牲畜，却想娶人为妻，这不是妖怪吗？他心中替女儿着想，怕这匹马作怪，于是趁女儿不在家时，一箭射死了白马，还把马皮剥下，晾在了院子里。

女孩回家后看到晾着的马皮，知道出了事，奔过去抚摸着马皮伤心地痛哭起来。忽然，马皮从竹竿上滑落下来，正好裹在姑娘身上。院子里顿时刮起了一阵旋风，马皮裹紧姑娘，顺着旋风滴溜溜地打转，不一会儿就冲出了门外。等女孩的父亲赶去寻找时，早已不见踪影了。

几天后，村民们在树林里发现了那个失踪的姑娘。雪白的马皮仍然紧紧地贴在她身上，她的头也变成了马头的模样，嘴里不停地吐出亮晶晶的细丝，把自己的身体缠绕起来。从此，这世上就多了一种生物。因为它总是用丝缠住自己，人们就称它为"蚕"（缠）。又因为它是在树上丧生的，于是那棵树就取名为"桑"（丧）。后来，人们尊奉她为"蚕神"，因其头形状如马，又谓之"马头娘"，古书称之为"马头神"。再后来，因为有人认为马头神的样子不好看，就塑造了一个骑在马背上的姑娘的形象，这种塑像被后人放在庙里供奉，谓之"马明王菩萨"。

蚕花娘娘

　　江浙一带的蚕农都喜欢将马明王称为"蚕花娘娘"。传说蚕花娘娘在世时最爱吃小汤圆，因而，每年蚕宝宝三眠后，蚕茧丰收在望之时，每户人家都要做上一碗"茧圆"来酬谢蚕花娘娘的保佑，至今仍保持这种风俗习惯。附歌谣全词如下：

马明王

马明王菩萨到府来，到你府上看好蚕。

马明王菩萨出身好，出世东阳义乌县。

爹爹名叫王伯万，母亲堂上柳玉莲。

马明王菩萨净吃素，要得千张豆腐干。

十二月十二蚕生日，家家打算蚕种腌。

有的人家石灰腌，有的人家卤池腌。

正月过去二月来，三月清明在眼前。

清明夜里吃杯齐心酒，各自用心看早蚕。

大悲阁里转一转，买朵蚕花糊箪盘。

红绿绵绸包蚕种，轻轻放在枕头边。

歇了三日看一看，打开蚕种绿艳艳。

快刀切出金丝片，引出乌蚁万万千。

三日三夜困头眠，两日两夜困二眠。

梓树花开困出火，楝树花开困大眠。

大眠捉得担头多，一家老小笑呵呵。

当家大伯有主意，桑园地里转一转。

旧年老叶勿缺啥，今年老叶缺二千。

当家娘娘有主意，连夜开出二只买叶船。

一只开到许村去，一只开到章埠埝。

望去一片兴桑园，停脱船来问价钿。

上午贵到三千六，晚上贱脱一大半。

难为三摊老酒钿，装得般里满潭潭。

拨起篙子就开船，顺风顺水摇到石坨边。

你一担来我一肩，一挑挑到大门前。

当家娘娘有主意，拿枝长头鞭三鞭。

连吃三餐树头鲜，个个喉通小脚边。

东山木头西山竹，搭起山棚接连圈。

八十公公垛毛柴，七岁倌倌端栲盘。

前厅后垄都上满，还剩几匾小伙蚕。

上来落去吭处上，只得上到灶脚边。

歇了三日看一看，好像十二月里落雪天。

大茧做得像香橼，细茧做来像汤团。

去年采得千斤茧，今年要采万斤茧。

当家娘娘有主意，今年要唤做丝娘。

去年唤得张家娘，今年要唤李家娘。

廿四部丝车排两边，中央出路泡茶汤。

东边踏出鹦哥叫，西边踏出凤凰声。

敲落丝车称一称，车车要称二斤半。

敲落丝车勿要卖，甬到来年菜花黄。

南京客人问得知，北京客人上门来。

粗丝银子用斛斗，细丝银子用斗量。

卖丝银子吭处去，买田买地造高厅。

高田买到南山脚，低田买到太湖边。

来者保你千年富，去者保你万年兴。

《安乐王歌》：夸赞善举的歌谣

杭州上城区原来有过一座安乐桥，桥两侧的街坊们之间曾流传过一首儿歌——《安乐王歌》：

安乐王，安乐王，
为你安乐大家忙。
安乐王，好心肠，
造座大桥通四方。

关于这首儿歌的由来，当地还有一个传说。

南宋初年，抗金名将岳飞与金兵在朱仙镇对峙。金兀术义子陆文龙武功高强，岳家军中无人能敌。其实，陆文龙父母是宋朝子民，被金兀术所害。岳飞麾下的将官王佐自断一臂，主动请缨，前往金营告知陆文龙真相。陆文龙得知真相后又恨又气，反出金营，加入岳家军，将金兀术打得大败而逃。

失去一臂的王佐无法再从军打仗，岳飞和皇帝保举，封他做了安乐王。皇帝又下旨在中河边给王佐建造王府，供他养老。

王佐断臂雕像

王府府址旁边的河面上没有桥，只靠一艘小船摆渡来往。现在开工建造王府，摆渡船被征用运送砖瓦，老百姓有事也没法过河，都非常生气，于是他们编出儿歌来唱："安乐王，安乐王，为你安乐大家忙。"

其实王佐根本就不是讲排场的人，他离开军中回到杭州后，听说了这件事，做出决定：用建造王府的石料在河上建一座桥，利于百姓出行。至于王府嘛，用建桥剩下的材料随便造两间房子就好了。

工匠得到王佐吩咐之后，开始准备建造石桥。百姓听说安乐王如此为大家着想，都很高兴，纷纷跑来帮忙，工地上一派热火朝天的景象。不到一个月，一座宽阔平整的石板大桥就造好了。这下子，两岸的百姓往来出行都方便了，人们纷纷赞颂安乐王的善举，把这座桥称为"安乐桥"，还新编了儿歌来唱。

这首包含两层意思的《安乐王歌》，也由此传开了。但没想到，这事传入当朝宰相秦桧的耳朵里。秦桧是个奸相，老百姓在背地里都偷偷骂他。秦桧想：王佐造一座桥就能换来这样的好名声，那我造上三座桥，老百姓不是更要夸我吗？何况我这么富有，和王佐斗斗富又怎么会输呢！

于是，秦桧派手下赶紧去张罗造桥的事。不过，他这造桥可和王佐不一样：增捐加税，抓丁派工，强迫老百姓不分昼夜地造桥。河岸两边的百姓都叫苦连天，怨声载道。三个月过去了，在安乐桥同一条河上，并排造起了三座桥，而且一座比一座宽，一座比一座高。

看着阔气的三座新桥，秦桧心里得意极了，他亲自给这三座桥起了名字，叫作"斗富一桥""斗富二桥"和"斗富三桥"。

斗富二桥

　　桥是造好了，然而一条河上有一座桥就够了，造那么多劳民伤财，受伤害的还不是老百姓吗？百姓们恨死了秦桧，都赌气不走他那三座斗富桥。因为杭州人讲话的声音"斗富"与"豆腐"差不多，老百姓取笑秦桧，就把那三座桥叫作"豆腐桥"，流传至今。

　　这一首儿歌牵出的两个传说，其实反映的是人们对善举的赞扬、对恶行的讽刺。其实，传说的真实与否对于百姓来讲已经不重要，更重要的是，通过歌谣口口相传的，是人们对于真善美的追求。

《精忠传四季山歌》：为忠良世代相传的礼赞

岳飞是南宋时期的抗金名将，他从青年时期开始从军，先后参与、指挥大小战斗数百次。每次战斗，岳飞都身先士卒、十分英勇。金兵遇到岳飞的军队，经常是大败而逃。当时，在金兵中流传着一句话："撼山易，撼岳家军难。"

金国大将兀术有一支劲旅，士兵身披重甲，每组三匹马，用索相连，号称"拐子马"，非常厉害，一直是金兀术的杀手锏，一般的军队遇到它都打不过。在岳飞北伐时，金兀术派了"拐子马"去拦截岳飞。没想到，岳飞早已想出破解之法。他派出步兵持刀冲入马阵，叫他们专砍马腿。由于"拐子马"三匹相连，一匹砍倒，其他两匹受拖累后无法行动，"拐子马"就失去了战斗力。宋军乘机冲杀，金兵大败。收到"拐子马"全军覆灭的消息后，金兀术失声痛哭，他靠"拐子马"打了很多胜仗，失去了"拐子马"就等于失去了臂膀一样。

之后，岳飞一路率军打到了朱仙镇，朱仙镇离汴梁只有几十里地了。此时的金兀术守在汴梁城里，惶惶不安。眼看着就要收复失地，岳飞非常高兴，但是谁也没想到，宋高宗赵构竟然连下十二道金牌，催促岳飞率部回朝。

以萬五千騎
來王命步卒
以禮刀入
陣勿仰視第
斬馬足一馬
什二馬皆不
能行官軍奮
蟄遽大破之

大破拐子马

原来，宋高宗和奸臣秦桧一点儿都不想让岳飞打败金兵，迎回被金兵掳走的宋徽宗和宋钦宗。岳飞眼见痛失大好局面，十分悲愤，但无奈之下，也只能班师回朝。可不幸的是，岳飞被奸臣秦桧诬陷入狱，以"莫须有"的罪名在风波亭惨遭杀害。后来，宋孝宗给岳飞平反昭雪，葬在西湖之畔。杭州百姓们感念岳飞的功劳，口口相传着赞颂岳飞的歌谣，这首《精忠传四季山歌》就是对忠良的礼赞：

春季里，草青青，岳爷爷赶考上东京，天下举子夺魁首，枪挑梁王一命倾，英雄从此显威名。

　　夏季里，庄稼忙，金兀术领兵进汴梁，杀人流血八百里，皇帝捆来赛猪羊，大宋江山乱慌慌。

　　秋季里，雁南飞，金兀术阵前双泪垂，拐子马，全无用，铁浮屠，化成了灰，"岳"字旗吓得他心胆碎。

　　冬季里，雪花飘，汗马功劳天下晓。一连金牌十二道，风波亭上冤难消，不是天不保宋朝。

　　岳飞被害后，百姓伤心，广大抗金将士更是愤怒又寒心。《西湖游览志余》记载了一个故事：有一次，杭州的一个将官子弟设坛请紫姑仙，没想到，请来了岳飞的神灵。大家十分惊讶，都纷纷拜见。岳飞的神灵写下了一首诗：

　　　　经略中原三十秋，功名过眼未全酬。
　　　　丹心似石今谁诉，空有游魂遍九州。

　　大家看了之后都说和岳飞生前写的笔迹是一样的。这事儿很快就传开了，百姓都痛骂秦桧，替岳飞感到愤怒与不值。秦桧也听闻了此事，他做贼心虚，又怕又怒，下令抓捕那些将官子弟和传扬这件事的人，当时因此被杀和被流放的多达几百人。然而，忠奸善恶、人心向背从来不是重压就能改变的。现在，西湖畔的岳王庙里，还跪着秦桧的铸像。岳飞忠勇爱国，流芳千古，而秦桧，也只能做一个遗臭万年的奸臣罢了。

《行在军中谣》：南宋讽刺时事的歌谣

南宋时期，民间流传着一首辛辣的讽刺歌《行在军中谣》：

张家寨里没来由，使他花腿抬石头。
二圣犹自救不得，行在盖起太平楼。

南宋初年，主战的将军在朝廷里备受排挤，但唯有一个将领例外。这人是谁呢？就是跟着秦桧一起陷害岳飞的张俊。张俊这人，以前也是有过军功的，在江淮间对金兵作战时，他曾与岳飞、韩世忠并称为"三大将"。但是后来，张俊竟然投靠秦桧，做出了诬告岳飞部将张宪"谋逆"、诬陷岳飞的恶行，变成了一个大奸臣。当时，南宋朝廷偏安在杭州，整天只知享乐，早忘记了中原的失地没有收复，更忘记了被金兵占领之地百姓们的苦苦期待。秦桧把主战的文臣和将领都排斥出了杭州。张俊既然投靠了秦桧，便得以留在杭州享乐。张俊不去迎敌，整天花天酒地，购买豪宅，置办家产，甚至还开了酒坊。为了更好地享乐，张俊命令部下士兵搬运石头，盖起了精美的楼宇，名为"太平楼"。

之前，张俊曾让队伍中健壮勇武的士兵都刺了文身，从臂下刺到脚上，称之为"花腿"。本来，这些刺了花腿的士兵勇武有力，都是一心想上战场为国杀敌的，可是跟着张俊在杭州，却被支使着整天不是盖楼就是盖酒肆，好好的士兵上不了前线，反而成了张俊享乐的苦工，士兵们是敢怒不敢言。

世事不平、朝政腐败，杭州的百姓们忍不住编出这首《行在军中谣》来加以讽刺。时至今日，杭州仍然有个太平巷，就是由于有曾经的太平楼而命名的。忠奸善恶，百姓心中自然有杆秤。

《富春谣》：讽刺官府剥削、揭露民间疾苦的歌谣

　　正是秋季最舒适的时候，空气里流动的是桂花幽幽的清香，落日的余晖斜铺在粼粼江面上，给这碧波秋水染上一层金晖。宽阔的江面上零星几点归返的渔舟，两岸青山，放眼望去不再是一片葱翠，银杏飘金，江枫如火，间或夹杂着几株金桂或银桂，便给绿色的薄毯画上一簇簇跳跃的彩色。一江碧水，澄澈蜿蜒如玉带伸向远方，极目远眺，不知去向何方，唯见水接天色，朦胧如画，端的一幅良辰佳景。

　　江岸处，远远走来两人，一中年男子与一随从。两人衣着普通，男子看着似是文人，他驻足江边，观赏美景良久，捋须笑道："'天下佳山水，古今推富春。'古人诚不我欺也。"他旁边的随从道："老爷久在京师，此次来浙，多奇山丽水，公务之余，不妨一一游览，倒也是一桩幸事。"男子苦笑道："'嗟余听鼓应官去，走马兰台类转蓬。'身在其位就要谋其政，民间多疾苦，只怕未必能如愿耳。"随从道："老爷，小的却是不解，江浙丰沃，鱼米之乡，更有茶桑之利，百姓里那些不算富裕的，也应该够自给自足，何以老爷却忧心忡忡？"男子叹了口气，轻声自语："你没听说过苛政猛于虎吗？"随从神色肃然，不再言语，两人继续向前行去。

行不多时，恰好看到一艘渔船回到岸边，舱里装满了鲜活肥美的鱼儿。船头站着一个老渔翁和一个少年，皆衣衫褴褛。虽然渔获甚丰，两人却依然愁眉苦脸。

男子走过去问道："老人家渔获蛮丰嘛，每日里打的鱼可都有这么多？"

还未等老渔翁回话，那少年抢着道："昨日里比这还多哩！秋日江里尽是肥美的大鱼。"

男子奇道："每日渔获甚丰，应该高兴才是，为什么反倒愁眉苦脸？"

老渔翁看他一身读书人的打扮，便道："这位先生想是刚从外乡来吧，俗话说'靠山吃山，靠水吃水'，我们靠着这富春江，鱼自是有的，原也能混个温饱，但现在所获鱼鲜都要上交极重的份额，舱里这些还不够上交的，只能盼着明日多打些，才能剩几个铜板买粮吃。"

男子道："农林渔桑，朝廷自有定税，难道这里的渔税更重吗？"

少年又抢话道："正是哩，我们这处，不止渔获要交很多，因此地也盛产茶叶，连那茶叶也是，采的不够交的。"

男子奇道："这是为何？"

少年道："还不是因为那'四大患'。自从来了此处，老百姓便没了活路了。"

"阿牛，闭嘴。"老渔翁狠狠瞪了少年一眼，"还不赶紧去补渔网，明天不用了？"说罢又赔笑对男子道："先生，小孩子懂什么，不知轻重，胡言乱语的。"

男子笑着摆摆手，却不再追问了。他看着少年身上衣衫褴褛，便指了指舱里的鱼儿，对随从道："这鱼儿鲜美，多买几尾回去吧。"

随从掏了碎银，正待给老渔翁。

老渔翁却慌忙摆手："先生，原本这江鱼送你几尾尝尝鲜也不打紧，只是现在，别说送，便是私自买卖都要被定罪嘞。这鱼都是要送到官府设的固定地方，但凡有人私自买卖被告发了，只怕破家的祸事就降下了。抓去大堂打个几板子，牢房内再蹲几天，咱们穷人家又没钱抓药看病，好好一个人可不就废了。"

男子听罢，面容沉郁，只觉眼前景色虽然开阔壮美，但却感心事重重，再无赏玩景致的心思。他谢过老渔翁，又对随从使了个眼色，两人继续前行。那随从在临行前，便趁船上两人不注意，往那舱里扔了几块银角子。两人渐渐远去。

"哎，阿爹，不是哪个大官微服私访吧？"阿牛一边收拾渔网，一边忽发奇想，"也不知能否替我们百姓说上话，减减交的税额？"

"你见过哪个大官这样和和气气和我们说话的？"老渔翁一句反问顿时让阿牛息了心思。老渔翁继续道："更何况他穿得也蛮普通，就带着一个随从，约莫是外乡来的读书人。"说着话，老渔翁继续修补手中的渔网，一边想着心事：也不知明日的渔获能有多少，便是多捕了几尾，怕依然抵不过上交的份额，只可怜了家中的老妻，生病几个月依然没钱去抓药看病。唉，渔民苦啊！

"哎，银子！阿爹你看，这里！"阿牛忽然兴奋地跳了起来，小船被他用力一跳，左右晃荡，幸好他身量不高，力道不大，船倒没有侧翻。

老渔翁先瞪了阿牛一眼，顺着儿子手指的地方一看，果然，船头处有几块银角子静静地躺着。老渔翁愣住了，忽而，他向已经走远的男子背影跪下，重重叩了个头："好人啊！谢谢先生，谢谢先生！"老渔翁颤颤巍巍地站起身，小心拾起那几块碎银，高兴地对阿牛说："这下有钱给你阿娘抓药了，还能买很多糙米，熬过今冬有希望了，唉，每日辛苦打鱼，现如今连几个铜板都赚不到。若不是这好心的先生，咱们这个冬天都怕熬不过去！"

不过，老渔翁没想到的是，这位好心先生的身份还真让阿牛说中了。这中年男子非是别人，正是刚刚上任的浙江佥事韩邦奇。他是明正德三年（1508）的进士，考中进士后被任命为吏部主事，由于为人正直精干，后来又晋升为员外郎。本来他的仕途很顺利，但由于他性格耿直，连皇帝的过错也敢指责，给自己招来了无妄之灾。正德六年（1511）冬天，京师发生地震。韩邦奇做了一件事，他直接上书皇帝，指出当时政治上有过失。正德皇帝听了就不太高兴，觉得韩邦奇违逆自己心意，对他的上书干脆不给答复。也是巧了，当时的给事中孙祯等人弹劾不称职的群臣，里面有些事也涉及韩邦奇。吏部觉得韩邦奇并没有什么做错的地方，已经商量决定继续留任他。但是没想到正德皇帝一看，就想起之前韩邦奇那篇指责朝政的奏疏，正好借此机会把他贬为平阳通判。韩邦奇也没抱怨，就到了平阳，由于他埋头苦干，所以没多久又升为浙江佥事，管理杭州、严州二府的事务。这次出行，其实就是韩邦奇来浙江任职后的一次微服访察民情。

官衙的书房内，韩邦奇紧缩眉头，坐在桌案后。桌案上铺着雪白的宣纸，他提笔蘸墨，却又重重放下，吐出了胸中一口浊气。他与随从韩忠暗中出去查访多次，明白了所谓的"四大患"意为何指。原是朝廷在浙江派了四个宦官：王堂当镇守，晁进管织造，崔珤管市舶，张玉管建筑。他们巧立名目，设置了极重的税赋，又派出爪牙四处搜刮，越是那产茶好的、渔获丰的地方，百姓越被盘剥得严重。民间便把这四个宦官称作"四大患"。

要如何才能解民于倒悬，济民于水火？韩邦奇忧心忡忡，愤懑不已。来此不到数月，所见所闻，尽皆民间疾苦。宦官当道，乱行苛政，与民争利，好好一个鱼米之乡，百姓却无法生活下去，竟恨不得把这江水搬走，把这茶山生在别处，可见实实是被祸患得狠了！

"老爷。"韩忠敲了敲门，欲言又止。

"何事？说吧。"韩邦奇看了他一眼。

"老爷，我刚才回来的时候，见街上多了许多卖儿卖女的穷苦百姓，问了一下，俱是因被盘剥，没吃没喝，寒冬将至恐儿女饿死，还不若卖给富人家为奴为婢也好，好歹有口吃食。"韩忠又叹了口气，"都知道为奴为婢性命都由主人捏着，但凡有些许活路，哪户人家舍得卖掉亲生骨肉？恐怕这个冬天，老爷肩上的担子会更重了。"

韩邦奇深深吸了一口气，又吐出，忽然拿过细毫，笔走龙蛇，不一时，给正德皇帝的奏折便已写好。奏折上，是他的所闻所见，是他为浙江百姓上书的诤言，是他"为生民立命"的儒生意气，更是他为官做人的良心！

写罢奏折，韩邦奇意犹未尽，他继续挥毫疾书，直抒胸臆：

> 富阳江之鱼，富阳山之茶。
>
> 鱼肥卖我子，茶香破我家。
>
> 采茶妇，捕鱼夫，官府拷掠无完肤。
>
> 昊天胡不仁，此地亦何辜？
>
> 鱼胡不生别县，茶胡不生别都？
>
> 富阳山，何日摧，富阳江，何日枯？
>
> 山摧茶亦死，江枯鱼始无。
>
> 山难摧，江难枯，我民不可苏。

一首为百姓作的歌谣就此问世。这首歌谣被世人称为《富春谣》，又称《富阳民谣》。它酣畅淋漓、直抒胸臆，表达了百姓对官府无尽盘剥的怨懑和讽刺。但是，韩邦奇又一次因自己的耿直和良知获罪。自从了解到这几名宦官的所作所为后，他多次阻止王堂等人，遭到了

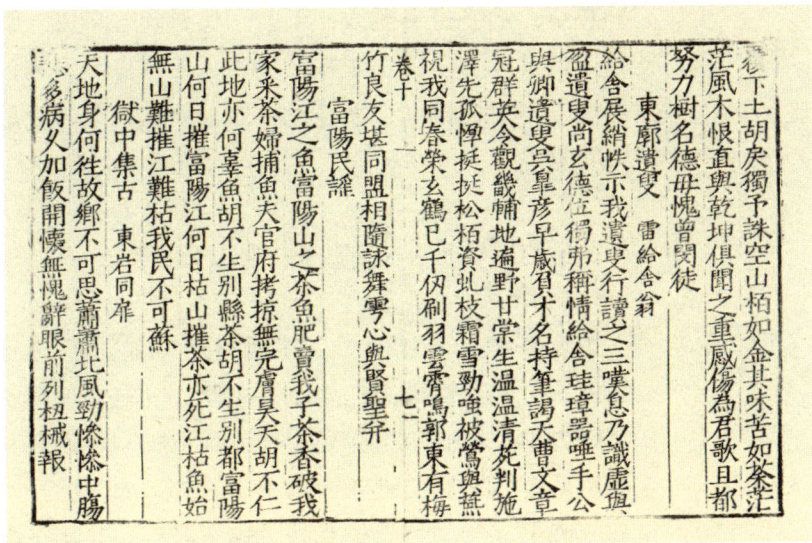

韩邦奇《苑洛集·富阳民谣》

他们的忌恨。王堂给皇帝上书，说征收的茶叶和渔产都是为了供给皇上所用，韩邦奇屡次阻止，这是阻止百姓供养皇上啊！而且韩邦奇不务正业，居然还写诗歌埋怨、诽谤圣上。正德皇帝一听勃然大怒：上次都贬过一次韩邦奇了，怎么还敢写诗骂我！于是，皇帝下旨把韩邦奇逮回京师，关进了监牢中。朝中了解内情的大臣们纷纷上书，为他说情，但是正德皇帝一概不理，到最后，皇帝竟罢了韩邦奇的官，贬为平民。

京师，森严的诏狱大门前，一个略显狼狈但依然挺直腰板的身影慢慢走出，几个月的牢狱生活让他的两鬓添了几丝白发，但脸上神情沉肃依然。早早就候在门口的韩忠急忙迎了过来，一把扶住："老爷！可苦了你了……"韩忠的声音有些哽咽。从民到官，他的老爷日夜苦读，在29岁那年就高中进士，文采斐然，被时人盛赞。从官到民，不过是为百姓请命，说了几句实话。这官，不做也罢！

韩忠扶着自家老爷，转过街角，慢慢向家中走去。而韩邦奇，始终身姿挺拔，不曾回头看向这皇城一眼。他习得诗书满腹，只为匡扶社稷，纵使这皇帝不需，但富春江的渔民记得他，浙江的百姓记得他，这，就是读书人的值得！

冬日的阳光把两人的影子拉得很长很长……

正德十六年（1521），正德皇帝驾崩。嘉靖七年（1528），韩邦奇被起任为山东副使，以右佥都御史巡抚宣府。之后又历任右副都御史、山西巡抚、刑部右侍郎、吏部左侍郎。之后又被任命为南京右都御史，提升为南京兵部尚书，参与朝廷的军政大事。最后，韩邦奇告老还乡。嘉靖三十四年（1555），由于家乡发生地震，韩

韩邦奇书法

邦奇因灾去世。朝廷追赠他为太子少保，谥恭简。

　　一首《富春谣》流传至今，今天，富春江两岸的百姓依然记得那个不顾自己前程、毅然为民请命的清官——韩邦奇。

《朱三与刘二姐》：缠绵悱恻的民间爱情传奇

问世间，情是何物？直教生死相许。天南地北双飞客，老翅几回寒暑。欢乐趣，离别苦，就中更有痴儿女。君应有语，渺万里层云，千山暮雪，只影向谁去？

横汾路，寂寞当年箫鼓。荒烟依旧平楚。招魂楚些何嗟及，山鬼暗啼风雨。天也妒，未信与，莺儿燕子俱黄土。千秋万古，为留待骚人，狂歌痛饮，来访雁丘处。

——元好问《摸鱼儿·雁丘词》

杭州民间有唱民歌的习俗。而人们常常把唱田歌、渔歌、牧歌统称为"唱朱三"，在劳动中传唱。比如富阳有歌谣唱："口唱朱三手耕田，眼睛一眨到田沿。""朱三唱唱真叫好，车水灌田勿吃力。""做纸勿唱朱三歌，捞纸越捞越格苦。耕田勿唱朱三歌，种落秧苗勿发棵。"这是因为一首民歌——《朱三与刘二姐》，这首民歌讲述了一段曲折离奇、生死相许的爱情故事。关于此事的文献记载，较早见于明崇祯十三年（1640）刊行的通俗小说《欢喜冤家》。该书第九回中曾提到当年民间曾盛传"朱三与刘二姐"的歌谣。由于这首叙事诗歌特别长，在传唱的过程中，歌词的版本也略有不同。有"十唱朱三九不同"的说法，"若话朱三唱得全，讨个老婆勿要铜钿"，"若话朱三唱得全，年纪要轻十八岁。若话朱三唱得通，八十公公变孩童"。历经沧桑，歌谣仍然在传唱。而故事发生在余杭……

夜 奔

"咚！——咚，咚！"

梆子响起的声音敲破了秋夜江南的寂静。三更已过，湿漉漉的青石板上，更夫打着呵欠远去了。

秋风起，拂过古老的余杭，夜已深，除了几只蟋蟀偶尔鸣唱一声，整个镇上的人们早已酣然入梦。

吱嘎一声响起，临街的一扇朱门被推开了些许，里面一个俊朗后生探出头左右张望，眼见四下无人，回身搀了另一人出来，虽夜色昏暗，但月华映照下亦能看到芙蓉面柳叶眉，却是个娇俏的小娘子。

两人神色仓惶，出得门来，四顾张望，却又犹疑不决。门后却又探出个丫鬟急道："哎呀小姐，快快走罢，天明待老爷夫人发现，少不得急急追赶，追上了有甚好果子吃！"

小姐听了此话，心中思忖：也罢，待日后安定下来再与爹娘分说。扯了身旁后生，对着门跪下，却唬得小丫鬟赶紧避在一旁。小姐深深叩了三个头，眼中含泪，道："爹、娘，女儿不孝，自作主张配与朱三，待日后安定再来报答爹娘养育之恩。"说罢起身，又对丫鬟嘱咐道："梅香，我这一去，老爷夫人定要责罚于你，你莫要怨怼，且看在二老年事已高兼你我素日情分上，细心照看些，过些时日，我自会回来。"言罢，一咬牙扭身离去。梅香目送二人走远，闩好门悄悄回去。

夜色昏暗，石板路上湿滑难行，深秋风寒，那小姐与朱三深一脚浅一脚，穿街过巷，急急而行，却不晓得惊动了哪家的犬只，汪汪吠叫，一犬出声，众犬相和，整条巷子里犬吠连成一片。两人正担心惊扰了邻里被人发现，见此更是惊急，只顾埋头前行，却不料行不多久，小姐"哎呀"一声，捂着腹部矮身蹲了下去，朱三急忙搀起她，小姐道："许是走得急动了胎气，无妨，歇息一会儿便好。"朱三看着原本娇娇弱弱的小姐为了自己舍弃父母，深夜私奔，名声与家人俱都不要了，心内又是感动又是痛惜，一时想定不能负了小姐，一时又想毕竟对不起丈人一家，内心千回百转，却只道了一句："二姐，可苦了你！"

二姐却道："三郎说哪里话来，当日若不是你救了我，还不知要遭受多大的祸患，赶些路算甚么！我好了一些，还是快些走罢。"

二人相搀相扶，行了半夜，到了葫芦桥头，桥下运河直通苏州，黑灯瞎火，半个行人也无。幸得平日摆渡的艄公就睡在船上，小船拴在河边。朱三喊醒睡熟的艄公，只说家中老母突发急病，所以带娘子赶回苏州探亲。艄公接了银两，也不疑有他，当下挂帆撑篙，载了两人沿河驶去。

直到上了船，两人方才松了一口气。朱三在船尾帮着摇橹，二姐坐进船舱歇息。

黑暗之中，运河两岸静悄悄的，只有水声和着摇橹声入耳。残月如钩，远山似墨，河边芦花飞雪，在暗夜中耀出一片银白。

定 情

两岸景色虽美却无人欣赏。二姐一路上一直决绝坚定以安朱三之心，在船舱内却借着夜色遮掩，悄悄拭去泪痕。她本是余杭城中刘家的小姐，父亲刘公开了一爿杀牛行，积下了很多家当，在当地也是有名望的人家。刘公膝下无子，烧香拜神好不容易才得一女，取名二姐。二姐自小就生得玉雪聪明，极得爹娘喜爱。等到长大之后，更是出落得身姿窈窕、容貌无双，一对柳眉楚楚可怜，一双凤眼顾盼生辉，被人赞作"牛行西施"，更兼她人美心善，针线女红又无一不精，引得无数有适龄后生的人家前来提亲，媒婆都快踏平了门槛。但是刘公却是一家也看不上。你道为何？却非是没有合适后生相配，只因刘公贪财，把女儿看作了摇钱树，他不看后生人品，不看后生身板，更不看后生才貌，凭你张家公子、李家郎君，非要觅得一位出价最高者方能愿意。连那些受十里八乡拔尖儿的后生家里所托、自以为十拿九稳给牵到一桩好姻缘的媒婆们出来后都是摇头叹气，走远后方敢嘴里嘀嘀咕咕："刘公这老夯货，眼睛向钱，把好好的一个女儿当了货物罢，却不怕老天爷下雷劈到他！"

二姐娘亲刘婆眼见女儿已过了十八岁还留在家中，日日念叨刘公不要贪钱，许个能过日子的好后生即可，无奈却当不了家做不了主，只能心里着急。又见女儿也因此事心事重重，憔悴不堪，就让女儿带了丫鬟梅香去天竺寺上香敬神，顺便散散心。却不想，这一去，就此生出了许多事端……二姐听着船尾的摇橹声，又想起那日的情景。

那日春光正好，长堤青青，断桥人如云，西湖柳如烟。

货郎朱三看看自己走得满腿泥污，就把担子放下，走到湖边清洗腿脚上的泥污，洗罢后没有布巾揩拭，只得甩甩水珠，准备自然晾干。

二姐坐在轿中，经过断桥时撩起轿帘向外看风景，却刚好看到桥下的朱三甩水珠。她扑哧一声笑了起来，转念一想，看其衣着贫苦，应是没有布巾之物，随手把手帕向他扔去，权当送贫苦人一块擦洗布巾吧。轿子继续前行，二姐也没当一回事儿。

手帕落到朱三头上，他还以为是轿中小姐不小心遗失的，他大声呼喊，轿子却没停。朱三看了看手中帕子，丝帛材质，虽不是特别贵重，但他也不能拾取了就昧为己有，于是赶紧挑起货郎担子，追了上去。路上人多拥挤，朱三一直追到天竺寺，他大汗淋漓，在人群中仔细找寻。

大雄宝殿上，二姐上罢香许过愿走出殿门，却不想早被几个混混盯上。混混见她身边只有一个小丫鬟跟着，便嬉皮笑脸凑了过来，口上说着不三不四的话，手上却推推搡搡动手动脚。这个说："小娘子如此貌美，不若跟了我家去耍子。"那个说："我带小娘子家去成亲入洞房，以后便给我做娘子吧！"

二姐又急又怒，正待叱骂，却听耳边一声叱喝："青天白日，佛门圣地，哪里来的地痞流氓，再来啰唆，且让人知会方丈，报官捉了去，到牢房里去找娘子罢！"

众混混唬了一跳，见一个壮实后生横眉立目立于二姐身前，又见旁人听到动静引来注意，也怕事情闹大，遂一哄而散。

　　二姐敛衽行礼，感谢朱三搭救。朱三红了脸，赶紧取出手帕还给二姐。二姐看着眼前的后生，眉清目秀，俊朗朴实，为了还一方手帕居然一直追到了天竺寺，刚才又路见不平挺身而出，可见人品忠厚老实又正直良善。二姐不禁心生好感，又想到自己刚才在菩萨面前许的愿："不想郎君做高官，不想郎君多金银；只求郎君多情义，只求郎君心地诚！求求菩萨发慈悲，早日配个如意人；只要夫妻多恩爱，粗茶淡饭也甘心。"

　　眼前的小货郎多情多义，心地诚实，莫不是菩萨在给自己送郎君？二姐心头一热，脸上顿时红霞飞起。

　　两人见过礼，说了彼此情形。后生名叫朱庭松，在家中排行第三，人们唤他为朱三。他家在苏州小北门，只因后娘寒凉苛刻继子，所以流落到杭州，平日里挑担卖货为生。

　　两人正叙话间，梅香经了方才混混闹事，胆战心惊，只来催了小姐早早家去。

　　二姐心中暗忖：菩萨指点，眼前人忠厚善良，正是可以托付终身之人。遂从袖中取出贴身绣花帕，投给朱三，又告知了家住余杭通济桥旁。这绣花帕上有二姐生辰和名字，女子若是把此帕赠与旁人，便是心中有意。

　　朱三惊喜莫名，却又觉自身配不上二姐，煎熬日久，二姐那日一颦一笑却总在心间眼前，终是抵不过刻骨相思，朱三还是来到了余杭与二姐相见。这一见，便定了终身……

　　朱三与二姐商量，也想上门求亲，然而刘公两眼向天，一般的富贵人家尚且看不上，何况他这样贫寒的卖货郎？

于是两人自结为亲，自拜天地，成了姻缘，夫妻恩爱，彼此情坚。梅香虽担心此事，但见小姐觅得良人，也为她高兴。但是两人相会日久，二姐竟有了身孕。邻里有察觉的，免不了闲言碎语传了出来。这日传到刘公耳中，刘公夜里归家，大骂刘婆没看管好女儿，竟让邻里到处在说。刘婆不信，只道天明再去找女儿问清究竟。两人争吵声恰被来此取物的梅香听见，梅香急急回去报了二姐。二姐亦无良策，只匆忙收拾些日常衣物，商量着先与朱三去苏州，暂避刘公怒火。

前　路

　　小船一路向西，顺风顺水，黑暗之中，安乐山头已经远远退在后头，前头已是白鹭溪。离家越来越远了……夜色如墨，前路一片黑暗，而身后也是一片黑暗，二姐想到家中娘亲，不禁心中潸然，娘亲若天明不见了女儿，不知会怎样焦急担心。可怜娘亲年事已高，自己又不知几时才能回转，未能尽孝膝下，反让娘亲跟着担惊受怕。一想到爹爹刘公，二姐心中又是一阵气苦：只把女儿当作货物待价而沽，若不是巧遇朱三，又不知将来把自己许给什么货色。眼下三郎带我归家，前路又将如何？二姐心下愁苦，辗转反侧，虽疲倦至极却不能寐。

　　朱三一边奋力摇橹，一边思忖：我朱三何德何能，此生能得二姐如此真心相待，想自己孤身一人四处流浪，现在是有妻又即将有子有了一个家，便是自己粉身碎骨也难报二姐万一。只待回了苏州，寻些好营生赚了家当，让妻儿过上富贵日子，也好让丈人觉得女儿所嫁是个好归宿，那时欢欢喜喜认了亲，才好叫二姐宽心。

　　船行一夜，二姐一夜愁绪一夜辗转，带着不安又带着期望；朱三一夜奋力一夜筹谋，怀着忐忑也怀着向往。终于，东方渐白，晨风破晓，两岸渐次有村落人家。二姐出了船舱，站在船头眺望。河道开阔，天际蔚蓝，鱼鳞样的白云不知几时披上了暖暖的红霞，随着一阵金光耀眼，一轮红日突地跃上天际，顿时染红了漫天云朵，映得雪白的芦花上都耀出暖暖的光。深秋的空气略寒，吸一口却带着一股子芦苇的清香。二姐深深吸了一口，与朱三四目相望，彼此眼中含着情意和期盼，只觉前路虽难，但来日方长，只要两人同心，定能过好。

忽地一阵粗犷沧桑的歌声传来，却是艄公放声唱起了船歌："天当棺材盖，地当棺材底。汆仔三千里，仍在棺材里。"

歌声悠悠，艄公唱罢，转头又和朱三开起了玩笑："小哥儿，我看你和你家娘子都是一表人才，不像我们这些船夫哟，没得娘子没得娃，整日只能守着这船，以后伸腿就是天当棺材地当底！"

朱三道："船家，你这山歌听起来蛮风趣，气概也蛮大嘛！"

船家笑道："哪个跑船的没有一肚子的船歌喽！'天下三样苦，摇船、打铁、磨豆腐。'咱运河里摇船的，没有个白天黑夜，不管个下雨下雪，全指望吼上两嗓子，唱几句山歌解解闷儿消消乏嘞！"

"喔喔喔——"远处雄鸡长鸣，近处人声渐喧。船到吴江了。由此登陆，再去苏州小北门，所余路途已经不多。

朱三搀着二姐下了船，谢过艄公。艄公摆摆手，苍凉激越的歌声响起：

勿唱山歌是哑巴，勿听山歌是聋聋。

拉开喉咙唱一唱，摇船公山歌满肚肠。

……

余音袅袅，芦花飘荡，天地山水间，一艘小船扬帆离开。而二姐与朱三，也迎着朝霞，向前方走去。

寻　女

天明了，一夜辗转的刘公、刘婆急急赶到后院女儿住的绣楼。上得楼来，却见屋中箱笼散乱，只得梅香守在房内，女儿却不见踪影。刘婆一时天昏地暗，跌落在地，只道"我的儿"。刘公一时气怒攻心，扬起手就打上了梅香："好你个贱婢，小姐不见踪影，你还能过得安稳！速速从实招来，小姐去了哪处？"

梅香道："老爷，我若不想说，你打骂亦是勿说，但小姐离去时嘱我好生服侍二老，也怕你们担心着急。且与你说罢。"于是梅香也没隐瞒，告知了二姐与朱三私定终身，因怕刘公责打，夜里离开，与朱三一起归苏州去了。

刘公听后，气得破口大骂："如此女儿，不知廉耻，竟与人私奔，要她何用！干脆死在外面，永世不要回来！"

刘婆一听，呜咽着嘟囔："还不是怪你这做亲爹的，多少好后生上门提亲，你便只贪银钱，不给许配人家，只想着许个极富贵的人家才算合你心意，现在倒好，女儿都被你逼跑了！还不如顺了女儿心意，早早为她择一良婿嫁过去，也没得生这些事端！"

刘公怒道："谁家儿女婚事不是父母之命媒妁之言？

哪儿能由她自己拿主意！"

不料梅香却在一旁嘀咕："整天这个命那个言的，自己的亲事偏生自己做不了主，却不知这样奇怪的世道几时才能改变。"

刘公一瞪眼："你个小丫头在嘀咕什么？"

梅香忙道："我是说恭喜老爷夫人，虽然小姐暂时离家了，但好歹觅得了一个如意郎君。我看那朱三对小姐真是一心一意地疼惜，两人恩爱和美，还不算是良配吗？待日后小姐安定下来，和姑爷抱着孩子一起回门，那时候老爷夫人又得了外孙，一家人和睦度日，坏事岂不是也变成了一桩好事！"

刘公一听，更是心头火起，若过几年女儿抱着孩子回门，哪儿还能钓到什么金龟婿！当下也不顾其他，匆匆出得门去，寻了船只，也循着运河，往苏州而来。

祸　起

吴江边，二姐与朱三下了船后，走上一座石桥，桥头摆着一个测字摊。朱三心头忐忑，决定问卜求个吉利。测字先生留着两撇八字胡，上下打量了朱三和二姐一眼，眼珠一转，对朱三说道："后生，我看你是外乡人吧，你这妻子容貌娇美，若去茶坊酒肆，恐招惹是非，不若去买上几个馒头，既能充饥又能带在路上做吃食。过了桥转到西街上，就有一爿馒头店。"

朱三谢过指点，心中安定，带着二姐随着人流向前。清晨的吴江街道上十分热闹，沿街各种买卖，茶坊酒店里的人进进出出，一派繁荣景象。朱三与二姐心中欣喜，想到日后做些小生意，亦能安然度日。两人转到西街，只见一家店前写着招牌：陈家酒酿馒头。

世事难料，朱三本想躲避祸端，听了那测字先生的话，却无端惹来一场天大的祸事。

二人进了店门，要了几个馒头并几个小菜，朱三搀着二姐坐下，正想好好歇息。却不料他们刚一进门，就被一个阔少盯上。那阔少长得尖嘴猴腮，却自命风流，整日里摇着一把折扇，故作斯文。他原是这家馒头店的少东家，名唤陈安，本是个风流鬼，日常只仗着家中有些闲钱，不是去那花街柳巷，就是调戏良家拈花惹草，在吴江城里很是有些恶烂的名声。那测字先生如何不知这陈安底细？却是欺两个外乡人，故意给他们引到馒头店，回头好去与陈安卖个好，要几个铜钱。他为了这几个铜钱，连良心一概都丢掉了，却生生害惨了二姐与朱三。

话说陈安眼见二姐往店内一坐，容光似雪，说不出的风姿动人，竟让原本浑浊的店内霎时亮堂了许多。陈安只觉身酥骨软，恨不能立时把这小娘子搂在怀里，好生疼爱一番。只恨她身边竟有郎君随行，怎生想个法子才能遂了心愿？陈安眼珠一转，进了后厨，与阿娘道："外间来了两个年轻男女，大清早不在家用早饭，却跑到咱们店里，看起来风尘仆仆，又眼生得很，那女子莫不是被拐来的吧？"阿娘心知儿子秉性，横他一眼，道："开店迎客，来者是客，你管外乡本乡作甚？'各家自扫门前雪，莫管别人雪封门。'你若生事，仔细你爹骂你。"

陈安嘴上应是，心下却不以为然，回到外间，竟挨挨凑凑，借故坐到二姐身边，未及三言两语，一双手已是忍不及去摸二姐香腮。二姐柳眉倒竖，怒骂畜生，朱三净手回来，一掌拍开陈安手爪，大声呵斥。没想到那陈安竟恼羞成怒，上手就打，但他身子早被酒色掏空，哪里是朱三的对手，厮打间挨了几拳。那陈安见调戏不成，打又没打过，竟然拿起个榔头，敲响铜盆，放声大喊："外乡人打人了！外乡人拐了人来还打人！"

一时动静极大，惹得街上行人纷纷驻足，左邻右舍和地保都慌忙跑来。二姐与朱三但请众人评理，街坊们都知晓陈安恶少之名，也不敢出声。地保与那陈安素日在一起混吃混喝，如何有不偏帮之理？因此地保只道事实不清，不知朱三是否拐带了良家妇女，相关人等皆应送去衙门请县官老爷审明再行定夺。

地保带人把朱三与二姐送去衙门，看热闹的众人一哄而散，也有那良善的摇头叹息。店内，陈安的娘亲气得掷下手中的屉布，恨恨骂道："这天杀的小畜生！"

分 离

且说刘公寻女心切，一路不曾停歇，到了吴江下了船，沿街打听过去，只听得茶坊酒肆中人人谈论：昨日里吴江出了件新鲜事，一男一女私奔而来，被那馒头店的陈安识破，扭送到了衙门。

刘公一听，心中恐是女儿与那朱三。遂进了一家酒肆，找了店家细细打听。那店家道："客官，此事我倒是知晓得清楚，我那妻弟昨日就在县衙当值。当时陈安扭送了二人进去，众人俱是吃了一惊。只因那小娘子长得如画儿一般，那后生看着也是憨厚老实，只说是回家探母途经此地，却没想到怎地惹上这样的祸事。"刘公急道："县官老爷最后如何判得此事？"店家道："县官老爷细细审问，两人却又无法寻得媒人和证人。县官老爷一怒之下动了大刑，又是夹棍又是板子，你想啊，将那爹娘给的皮肉,去挨那三寸阔半寸厚七八斤重的毛竹片,直打得那娇俏的小娘子悲啼连连,打得那俊朗后生血肉模糊。便是三班衙役,看了俱都不忍。但那小娘子与后生却嘴硬得很,又互相护着,就是不认县衙安给他们的私奔罪名。最后县官老爷直接判了,三日之内若无亲人来领,那小娘子要被发配,那后生要被充军。可怜那小娘子,听说已经怀了身孕,这一顿大刑下来,岂不是要坏了身子,唉,可怜哪!一对儿苦命鸳鸯!"

"端的可怜!"店内的一个食客低声接道,"听说那小娘子动了胎气落了胎,活活痛晕了过去,唉,这造孽啊!"

旁边食客问道:"你怎知此事?"那人道:"我表弟的三舅母是牢房的浆洗婆子,平日里帮着牢头等人浆洗衣裳,昨夜被唤去收拾后事,所以得知。"

刘公本来面皮紫涨,又恨那朱三拐了女儿,又怒女儿与朱三私奔,待听到上了大刑,想到女儿自幼没受过这样的苦楚,又有些心软。再听到女儿落胎,一时也不禁心酸难忍。当下直奔县衙,求了前头门童通禀,见到县官老爷,只是低头服软,又哭诉那朱三黑心拐走女儿,复又送上百两白花花的雪花银。那县官老爷原不耐烦,待见到银两,顿时气也顺了,也不再责骂刘公教养不力养出个有伤风化的女儿,只道是朱三拐带,须从重处刑。于是县官重新发落:"此案事实已清楚明了,浪子朱三拐卖良家女儿刘二姐,罚坐监牢三年。刘公管教女儿不严,导致刘二姐受骗,原本也该受罚,但念及年岁已老,先不再追究,明日即可领女儿归家。"刘公千恩万谢而去。

二姐得知后,知晓求爹爹救出朱三是痴心妄想,便使了银钱买通当值的狱卒,与朱三在牢中相会。两人相见，抱头痛哭，二姐不舍离朱三而去，朱三却道："二姐，你只管安心归家，左右不过两三年光景，你早产生了娃，身子又弱，在牢里这阴暗潮湿之地，恐身子彻底坏了，不若回家好生休养，待我出狱，自去寻你相会，那时我请了媒人，求你爹爹把你许我为妻，补办婚事，也免得你再被人说三道四。你只回去，切莫忘记咱们两人夫妻情分，安心等我回来迎娶。"

二姐道："郎心妾心，此心如一。三郎放心，我在娘家绝不再嫁，只日夜盼郎归来。"

当夜，二人饮下离别酒，互诉衷肠。牢房外秋月凄清万里寒霜，牢房内一对有情人愁云惨淡生离死别：

说不尽别离伤心话，表不完二姐对郎情。打开包裹细找寻，十般表记送郎君。

一般表记是绿绫，双手递给心上人；情郎哥哥系在身，一年四季保安宁。

二般表记是弓鞋，小巧玲珑人人爱；对空许下三牲愿，奴等情郎回家来。

三般表记是白罗，再三劝我情哥哥；瓦爿也有翻身日，车到山前必有路。

四般表记是鸳鸯，不分不离过时光；吴江余杭运河通，藕断丝连情意长。

五般表记是线花，红花艳艳似奴家；情哥相思往日情，奴陪君郎一束花。

六般表记是头绳，三哥收下莫嫌轻；千里鹅毛情意重，表我同床共枕情。

七般表记是汗衫，三哥贴肉穿身上。冬天穿着火样暖，夏天穿着冰样凉。

八般表记是手巾，交期结友要当心。酒肉朋友多无用，落难之中见真心。

九般表记是荷包，内藏白银成色高。求求菩萨早消灾，初一月半把香烧。

十般表记是香袋，二姐含泪挂哥怀； 三春过后团圆日，夫唱妇随乐开怀。

十般表记恩情深，慰我朱三落难人； 烈火之中辨真金，大难临头识知音。

朱三紧握二姐手，泪洒前襟嘱情人： 生离三年莫伤悲，保重身体顶要紧。

牢狱之灾我承受，姐回家中莫心酸， 熬过三年成夫妻，千辛万苦心情愿。

郎凄凄，姐凄凄，黄昏流泪到鸡啼；牢头领得刘公来，切开黄连苦两地！

缘　断

秋风清，秋月明。落叶聚还散，寒鸦栖复惊。芦花已开满运河两岸，转瞬又是一年。

吴江城内依旧熙熙攘攘，去岁发生的大小事情早已被人们淡忘，除了那日思夜盼的人。

正是中午时分，外面秋雨绵绵。牢房内，一枚枯叶从气窗内飘落，正落在地上囚犯的身上。那囚犯头发蓬乱，身体瘦弱不堪，手中握着一个香囊，正怔怔地坐着发呆。见这梧桐落叶，他拾起细看，叶已枯黄，又是一年秋季。他喃喃自语："二姐，一年了，你可还好？身子可养好了些，再过两年我将出狱，到时我们两夫妻就能相见了。"这囚犯正是朱三，他在狱中每日煎熬，只靠着二姐临别赠物聊寄思念，又担心二姐归家后被父亲逼迫另嫁，心中着实焦灼，牢内湿冷敝陋，朱三的身体也越来越虚弱。

忽地，一阵脚步声传来，牢头走进牢房，大声宣告：

"皇恩浩荡，大赦天下，死罪从轻，活罪可免！"

枯寂的牢内静了一霎，忽而爆发出一阵狂喜的欢呼。众囚犯涕泪交零，跪谢皇恩。牢头拿出钥匙，挨个打开轻犯的监房，嘴里还嘟囔着："倒是便宜了你们这些小子。"

朱三坐在那里，一动不动，就像是没听到一样，其实他只是不敢相信，不敢动弹，怕这梦突然醒来。

牢头打开了他的监门，走到他身边轻轻踢了一脚："你这后生，怎的还傻了？不是听说你那小娘子在余杭嘛，还不快出去找她！"

朱三像是突然活了过来，他疯了一样冲出门去，却又急忙回转，重重向牢头跪拜叩谢，复又冲出门去，跑得太急，身子又太弱，在平坦的通道内竟也跟跄跌倒了数次。他心中只有一个念头：二姐，等我，等我归来！

……

三日前，余杭城内。

秋阳高照，秋风送爽，刘公家门前锣鼓喧天，张灯结彩。刘公红光满面站在府门前，对前来道喜的人群拱手作揖道："同喜，同喜。"一顶喜轿披红挂彩，旁边的喜婆扬起帕子，大声喊道："接新娘子回邵家庄去嘞！"

八个轿夫开声吐气，大喝一声："起！"大红喜轿被稳稳抬起，鞭炮声中，悠悠向远处行去。

周边街坊的议论声隐隐传来：

"刘公嫁女，还真是气派得很！"

"哎，那你说这邵洪娶妾，不也一样大方？听说光彩礼就给了三百两雪花银嘞！足足三百两，普通人家一辈子也赚不来呢！"

"这刘公和邵洪，还真是一对儿，一个爱财，一个爱色，那邵洪白发苍苍，却是个惯于眠花宿柳的，非是什么好人家。唉，只可怜那二姐，最后落得这个下场。"

"那还不是怪她自己，偏与一个货郎私奔，还怀了孕落了胎。以前媒人踏破门槛，现在是无人问津，能与那邵洪老货做妾，我看刘公还怕是偷着乐呢！"

"整天只想着谁出的聘礼多，刘公若是早日给女儿择一良婿，又何至于此！"

"我看刘公才不在乎女儿嫁与何人，只要有银子赚，刘公怕是连老婆都能给嫁出去！"

此话一出，众人轰然，大笑出声，连声劝："仔细刘公听了把你当牛剥了你的皮！"

鞭炮声声，轰闹声声，轿中的二姐屈辱地闭上了眼睛，眼角是未干的泪痕，嘴里被塞着帕子，手脚被紧紧捆着，整个人蜷缩在大红的轿子中，头上红艳艳的喜帕遮住了视线，也遮断了她和朱三的姻缘。

殉　情

风顺水急，船行如飞，然而对归心似箭的人来讲，这速度依然不够。朱三站在船头，寒凉的秋风打在脸上，他却毫无知觉，只恨不得腋下生出翅膀，快快飞回到二姐身旁。白鹭溪边水茫茫，安乐山头树苍苍，船到余杭急登岸，前面已是观音堂，求祷观音发慈悲，早逢二姐配成双！

然而世间事却常常是好花易败、好景易凋，朱三回得余杭，景物依旧，街巷上人们议论纷纷的却是刘家前几日嫁女的风光。他如遭雷击，历尽千辛万苦，满心都是重逢后成就美满姻缘的期盼，所有欢喜却忽然变成一场美梦！朱三站在街上，一时只觉天旋地转，两眼发黑，茫茫天地，不知何处可去。他呆了半晌，忽觉口中腥咸，却是呕出了一口心头血。这一下却让他清醒过来：二姐待自己情深意重，绝不会变心，定是被刘公逼迫所致。自己要找到二姐，哪怕与她再见一面，做鬼亦甘心！

邵府后院，二姐独自坐在楼台，愁绪满怀。当日逼嫁之后，到了邵家，邵洪为了面子，拜堂时给二姐解了绑身的绳索。洞房之夜，二姐摸出一把利剪，说卜卦的曾言自己克夫，需得一年后方可圆房。邵洪怕惹恼了二姐鸡飞蛋打，何况美人既已落在自家，早晚也跑不出自己手心。于是答应二姐一年为期。二姐也是缓兵之计，梅香打听到皇上大赦天下的消息，已禀报于她。只可惜尚未等到朱三返回，自己就被邵洪那老色鬼盯上，被自己爹爹绑上了花轿。也不知三郎何时才能回返余杭？忽然，院子外面响起了卜鼓的声音——是货郎担子的卜鼓声！

二姐急急拎裙摆，下楼阁，转回廊，开院门，后院巷子里，正站着她朝思暮想的郎！

是梦？是真？似梦，非梦！不知该从何说起，欲问郎无恙，欲诉相思肠，却只能两双泪眼互相望，欲哭哭无泪，欲笑无声响，物是人非事事休，这好姻缘怎就成了美梦一场！一个是俊朗后生勤勉自立，一个是美貌佳人不爱富贵；不过是违了父母之命，不过是逆了礼教纲常，不过是自结姻缘配成双。这边厢，一个被卖为人妾；那边厢，一个才出了监牢。便是这相见也要冒死见，这世道，再也无有情人立身场。罢罢罢，郎心妾心早同心，唯愿生死不离分！

秋风冷寒，朱三拥住二姐为她取暖，两人心意已定，反而不再仓惶无措，只觉此刻能得一时温暖也是好的，唯冀望来生得偿夙愿。

忽然，院门被一脚踢开，邵洪气势汹汹闯了进来，他一眼看到拥在一起的朱三和二姐，气得竖起了眼睛，怒骂道："好一对奸夫淫妇！"一堆家丁和恶犬冲了过来，朱三急忙把二姐护在身后，无奈邵洪人多势众，冲散了朱三与二姐。邵洪重重一脚踢倒二姐，二姐身子本就柔弱，邵洪这一脚却是踢中了心脉。二姐口喷鲜血，委顿倒地，只看了一眼朱三，喃喃道："三郎……"一缕香魂，竟是飘飘而去！"揉碎桃花红满地，玉山倾倒再难扶。"朱三眦眦欲裂，痛彻心扉，猛地挣脱两个家丁的缠打，一把抱住二姐，眼中血泪直流，心中恨意喷涌，他从怀里掏出一块香罗帕，正是当年两人的定情信物，温柔地擦拭掉二姐脸上的血迹，眼光略过眼前一众恶人恶犬，看向院中一株桃树，那年他与二姐在断桥边相遇，春风正浓，桃花开得正盛，若有来世，还会与二姐相遇在一个春天罢？猛然间，朱三头撞石阶，轰然而倒，鲜血四散，他的手，却仍紧紧攥着二姐的手。一方香罗帕悠然飘落，染了血色，残阳亦如血，西风呜咽，乌云翻涌，似也在悲泣声声：

自古红颜多薄命，世事多少不公平？香魂飘飘含冤去，棒打鸳鸯两离分！

二姐倒地肝胆碎，朱三睁眼闪火星。喊破嗓子哭哑喉，紧紧抱住二姐身。

哭一声，喊一声，哭姐喊姐姐不睬。当年断桥投罗帕，天竺佛前初相会。

哭一声，喊一声，哭姐喊姐姐不动。当年桃花格外红，朱三二姐喜重逢。

哭一声，喊一声，哭姐喊姐姐不应。当年闺房结同心，丝线做媒鼓作证。

哭一声，喊一声，哭姐喊姐无回音。今日桃树叶落尽，姐赴黄泉人离去。

哭一声，喊一声，哭姐喊姐无回音。我爱二姐心地好，姐待朱三恩爱深。

哭一声，喊一声，哭姐喊姐无回音。哭一声，喊一声，姐在黄泉可听清？

哭一声，喊一声，朱三无姐活不成！哭一声，喊一声，二姐为我含冤恨。

声声哭，声声喊，二姐二姐听分明：黄泉路上慢慢走，奈何桥上等我魂。

朱三擦泪站起身，忽见邵洪堵住门。手指朱三命家丁，打死奸夫甭偿命！朱三仰天笑连声，骂声邵洪老畜生！一头撞在石阶上，有情朱三殉私情。

尾 声

那天，家丁们想把二姐与朱三分开埋葬，却怎么也拉不开他们攥在一起的手。最后出动了四个家丁，才把两人分开。

那天，二姐和朱三的棺椁要八人方能抬得动。八个材夫抬着二姐的棺材向北山，八个材夫抬着朱三的棺材向南山。各自抬到山脚下，刚刚停下歇歇脚，棺材却自己飞起来。两口棺材飞到半路相遇。合拢到一块，这才停了下来落了地。

那天，任是材夫抬了多少次，两口棺材依旧会飞到一起。材夫最终用锁链把棺材锁上，各自抬到南山北山脚下，打上桩，堆上无数捆柴，棺材方被点燃，冒出缕缕青烟。

青烟渺渺升起，足有万丈之高，一束往南飘，一束往北飘，两束烟在空中纠缠在一块，搭成了一个烟桥。

那天，余杭的乡民万人空巷看到烟桥奇观。

那天，据说有人看到朱三与二姐脚踏烟桥，身边彩云围绕，牵手依偎。

问世间情为何物，直教生死相许。刘二姐与朱三的爱情故事令人唏嘘感叹，而这首民歌在民间流传的生动状态也说明，人们反抗封建礼教，对爱情自由的向往一直存在。

二姐黄泉路上行，背后朱三叫连声。手摇卜鼓响咚咚，刚刚分离又同行！
二姐黄泉路上行，背后朱三紧紧跟。阴间无尽茫茫路，两人同行好照应。
二姐黄泉路上行，叫声三哥莫留停。紧紧挽着三哥手，从今永远不离分！
有情魂灵结伴走，郎姐尸体手拉手。家丁吓得脸色青，邵洪气得身发抖！
一帮活人拉尸首，拉来拉去分不开。邵洪家丁齐动手，拉开尸首装棺材！
一朝北，一朝南，八个材夫两路抬；朱三葬在南山阳，二姐埋在北山背。

一朝北，一朝南，八个材夫两路抬；抬到山脚刚歇力，两口棺材飞拢来！

飞拢来，抬开来，朝北朝南埋两山，合拢拆开又合拢，拆开合拢十来回。

材夫心惊肉发跳，邵洪心惊胆发寒。一不做来二不休，架起松柴烧棺材！

棺材南北两地分，打上松桩捆铁链；千担松柴分两堆，南山北山冒青烟。

南山烧，北山烧，材夫忙得不得了，松柴烧掉上千担，棺材角头未烧焦。

南山烧，北山烧，两蓬青烟冲云霄。冲云霄，冲云霄，冒上青烟万丈高；万丈高，万丈高，青烟升天环仙桥。朱三二姐桥上会，脚踏彩云万里飘。

"西湖明珠从天降，龙飞凤舞到钱塘"：谚语中古老的美丽传说

"西湖明珠从天降，龙飞凤舞到钱塘"，这句谚语中包含一个天下闻名的美景，也藏着一个美丽动人的传说。

很久很久以前，传说天河的东边，有个非常大的石窟。石窟里住着一条银光闪闪、如玉似雪的玉龙；而在天河的西边，有一片郁郁葱葱一望无际的森林，森林里住着一只五彩缤纷、灵秀美丽的金凤。

这玉龙和金凤是邻居，他们相处和睦。每天早晨，他们好像是约定好似的，一个钻出石窟，一个飞出森林，必定要互相问一声好后，才各自忙碌。

有一天，这只凤凰和往常一样在蔚蓝的天空下与白云追逐玩耍；而玉龙呢，也与往常一样，正在天河里游泳，奔腾中溅出的朵朵浪花如同星光一样，灿烂无比。

玉龙在天河里游啊游啊，不知不觉中游到了一座仙岛。只见这仙岛里边有一块亮闪闪的石头，他就朝着天上飞的金凤大喊："金凤金凤，快来仙岛上看看啊，这里居然有这么漂亮的石头！"

正在天空展翅翱翔的金凤也飞落到仙岛上，在这颗亮闪闪的石头上啄来啄去。然后她对玉龙说："玉龙玉龙，我们来把它琢磨成圆珠吧！"

他们的想法不谋而合，于是，一龙一凤马上开始动工了。一个用爪子凿，一个用尖喙啄。由于这石头太大，他们磨了很久很久也不见变化。但他们不死心，锲而不舍、持之以恒地坚持着。

一天又一天，一年又一年，他们每天都会不停地磨着这块石头。不知道过了多久，他们居然真的把这块闪亮的石头雕琢成了一颗珠圆玉翠的珠子。

金凤和玉龙非常开心。金凤兴奋地飞到仙山上，含来一颗颗晶莹剔透的露珠，滴到了珠子上；玉龙也飞快地游到天河里，他吸来了许许多多的清水，喷到了珠子上。

滴啊，喷啊，滴啊，喷啊，从白天到晚上，从挥别太阳到拥抱月亮，慢慢地，这颗珠子变得非常丰润，非常闪亮，也非常水润，而且，在晚上也会闪闪发亮。

于是，玉龙和金凤就给这颗珠子取名叫"明珠"。

这明珠是他们共同的宝贝。在制作这颗明珠的过程中，玉龙更加喜欢金凤，金凤也更加喜欢玉龙，玉龙和金凤都喜欢守着他们的明珠。从此之后，玉龙好像忘记了自己的家，再也不愿回到天河东边的那个石窟里去了，而金凤的想法也一样，她只想守着这明珠，也不愿回到天河西边的那片森林去了。从此以后，这天河中间的仙岛，就成了玉龙和金凤的新家。他们日夜守护着自己的明珠。

这颗明珠也是一颗世间罕见的宝珠。这珠光照到哪里，哪里就亮堂堂暖洋洋的。照在了树木上，无论春夏秋冬，树木都常青不谢；照在了花草上，就出现了百花盛开、争相斗艳的美丽景象；照在了山坡上，一幅幅山明水秀、五谷丰登的画卷就展现在眼前。

这天早上，天宫玉殿中的王母娘娘刚走出宫门，只觉得眼前金光闪闪，奇幻诱人。她眨了眨眼睛，一下子就见到远处一片珠光闪烁，原来，是一颗巨大的明珠在熠熠发光！

王母娘娘的心里别提多喜欢这颗宝珠了，一心想要把这宝珠据为己有。当她得知有玉龙和金凤在日夜守护这明珠后，眉头一皱，心生一计。

好不容易熬到了晚上，王母娘娘才悄悄地派出了一个非常能干的天将，要他趁着玉龙和金凤打盹儿的机会，不露声色地把这颗明珠偷走。

天将果然偷回了明珠。终于得到了心心念念的宝贝，王母娘娘喜欢得不得了。她连忙吩咐宫女将这宝贝藏起来。因为担心这明珠散发出来的光亮会让更多人觊觎，王母娘娘决定将这明珠放入一个叫作九重门的库房里边，用九重的仙门守住。

玉龙和金凤醒过来。发觉明珠突然之间无影无踪，别提心里多着急了！玉龙遨游四海，找遍了天河底下的每一处地方，还来到人间，寻遍了每一个大江大海，可是一直找不到明珠的影踪。金凤也腾空而起，查看天空的每一个角落，俯视下界的每一处山林，依然寻不到明珠的丝毫踪迹。

丢失了最最心爱的宝贝，玉龙和金凤都十分地伤心。

可是他们并没有气馁，而是日日夜夜地寻找着。

而王母娘娘这边，得了宝贝自然十分开心。很快就到了王母娘娘的生日。那一天，天上人间的所有神仙都赶到王母娘娘的宫殿里给她祝寿。

王母娘娘呢，也照例和往常过生日一样，摆下盛大的蟠桃会，宴请众神仙。神仙们喝着可以美容驻颜的美酒，吃着可以长生不老的蟠桃，那些祝福的吉利话也是此起彼伏："祝贺王母娘娘福如东海、寿比南山！""祝王母娘娘福寿绵绵万年同春！"

王母娘娘听着众位神仙的吉利话和毕恭毕敬的祝福，十分高兴。此时，她特别想要分享自己的快乐，想要让众神仙也开开眼界，于是，她对众神仙说："各位仙长，近日，我得到一个绝世的宝贝，说这宝贝是天上难找、地下难寻，一点儿都不过分！"

听她这么一说，众人非常好奇。王母娘娘已经是人间与天界最最尊贵而富有的女人，连她都认为不可多得的宝贝，那到底该有多么稀奇呢？

只见王母娘娘从衣服的飘带上解下了九把钥匙，众神仙就说："娘娘把钥匙贴身带在身边，可见这宝贝有多么稀奇。"

王母娘娘说："众神仙随我来吧！"

大家跟着王母娘娘来到一道紧闭的宫门前，只见娘娘打开了宫门，里面空空荡荡。继续往前行，竟然是另外一道宫门。就这样一直走进了九重宫门，打开了九道门锁，突然之间，金光四射，辉煌耀眼，大家这才看到了一颗熠熠闪耀的明珠霎时间露出了它璀璨耀眼的容颜。

众神仙也从来没有见过这般瑰丽的明珠，纷纷称赞，啧啧叫好。

而此时，在仙岛上的玉龙与金凤也被这万丈光芒所吸引，敏锐地发现，那应该是自己心心念念的明珠发出的光芒！

玉龙赶紧呼唤金凤："金凤金凤，快来快来，你看天边，炫彩夺目，那就是我们的明珠放出来的光！"

金凤也发现了这片耀目的光芒，从云端里钻出了头来："是啊是啊！终于找到我们的明珠了，快点儿，我们一定要把它追回来！"

玉龙和金凤迅速直冲云天，顺着那炫目的亮光飞过去，一直飞到王母娘娘的仙宫前。因为当天是王母娘娘的寿辰，不光所有的神仙们都聚集在一起庆祝，就连天兵天将和宫女仙娥也在举宫联欢，所以宫门无人把守，玉龙和金凤径直来到了放着明珠的宫殿里。

正在众神仙兴奋地围着明珠仔细观看、纷纷叫好的时候，玉龙以迅雷不及掩耳之势用身体盘住了明珠，他大声说："终于找到这颗明珠了，这颗明珠是我们的！"

一旁的金凤也盘旋着，既生气，又高兴。她鸣叫着说："这颗明珠，确确实实是我们的！"

玉龙和金凤当众说明珠是他们的，不是变相说王母娘娘是小偷吗？王母娘娘一听，大为光火，这当着众位神仙的面，让她情何以堪呢？她非常气愤，冲着玉龙和金凤大声斥责："我是王母娘娘，这天上人间的宝贝，都该属于我！"

玉龙和金凤一听，十分生气，一起向王母娘娘说："这颗明珠，既不是天上生的，又不是地下长的，也不是你制作雕刻的。是我们俩辛辛苦苦，不分日夜，琢磨出来的，是我们用露珠滋养，用清水洗濯，给养出来的！"

王母娘娘已经恼羞成怒："就算是你们滋养琢磨的，也该献给我！"

玉龙和金凤说："献是自愿的，我们不愿意，你也不能强占吧！"

王母娘娘可不管那么多了，她大声喝叫："天兵天将，还待何时？快把这玉龙和金凤，给我赶出宫殿！"

玉龙见王母娘娘毫不讲理，就用身体盘旋着明珠，护住明珠，想要离开。而金凤呢，也扇动着美丽的翅膀，紧紧地盘旋在玉龙的周围，想要把明珠护住。

可是王母娘娘非常强势，一时间来了无数天兵天将，也齐齐地冲上前去，要抢走明珠。那么多人涌向了明珠，而明珠又是如此的光滑，如此的剔透，在你撕我扯，你争我夺，你拉我推之中，只见盛放明珠的金盘不知道被谁扯了一下，接着滑溜溜的明珠居然就骨碌碌滚了下来，沿着台阶而下，瞬间从天上就跌落到地下去了。

这下子，所有的人都愣了，连王母娘娘也后悔不及。

玉龙和金凤看见明珠掉落人间，来不及和王母娘娘理论，他们急忙滚动着身体，翻飞着翅膀，随着明珠滚落的地方，一心只想守护好明珠。

玉龙一路腾飞着，一会儿盘旋着身体，想要接住滚落的明珠，一会儿展开了身体，想要推开可能划到明珠的闪电。金凤一路飞舞着，一会儿最大限度地伸展着翅膀，驱赶着空中的各类飞禽，一会儿忽闪着凤尾，想要牵动明珠滚落的方向，只怕明珠被凌厉的山峰刮伤。

玉龙和金凤一会儿在前，一会儿在后，一会儿在左，一会儿在右，紧紧不离明珠左右，拼命保护着这颗明珠。

可即便这样，却依然没有完好无缺地护住这颗明珠。

就在明珠从天空降落到地面上的一瞬间，这颗明珠猝然落地，珠花四溅，变成了一片晶莹剔透的湖。

这个湖，就是西湖。

西湖

玉龙和金凤的眼泪也止不住地落了下来。他们怎么也无法舍弃如同自己孩子一般的明珠。玉龙盘旋在西湖的周围，日日夜夜地守护，时间长了，就变成了雄伟的玉龙山；而金凤呢，她也每时每刻环绕在西湖周围，时间久了，就变成了青翠的凤凰山。

从此，杭州不仅多了一个美丽的西湖，西湖的旁边，还有了美丽的凤凰山和玉龙山。"西湖明珠从天降，龙飞凤舞到钱塘。"这句古老的谚语，也流传到了今天。

"天下老姜，源出皋亭"：皋亭山老姜起源的传说

杭州有座皋亭山，这里的村民中流传着一句谚语："天下老姜，源出皋亭。"

传说，峨眉山上，有个道士叫黄子安。他在山上也颇有威望，因为他就是道家仙师最得意的弟子，而且排名最前。多年前他投入师门，经过了无数个春秋冬夏，一门心思修道养性。只盼望有一天艺业有成，可以辞去道观中的烦琐事务，下山云游一番。

他终于等到了这一天。

这天，道家仙师突然问黄子安："你已经在山上修炼多年，这么多年中，你一直踏踏实实、心无旁骛地养身修道，可谓少年有成，可想下山见识见识外边的世界？"

黄子安正有此意，他连连说："多谢师父给我历练的机会。我愿意下山，丰富阅历，提升一下自己的修为。"

大概是担心黄子安第一次出门，在动身之前，仙师又召见了子安，把各地的风土人情、奇闻轶事、注意事项等仔仔细细地交代了一遍又一遍。然后，他特意解下

一个包囊："这个包囊赠送给你，下山后，你要谨记，在混浊世界中，务须卫道除魔，造福苍生！"

黄子安十分感动，他再三拜谢，与恩师依依惜别。

他一路从四川峨眉山出发，途径湖南长沙、江西赣州，来到了浙江，又沿着新安江、富春江顺流而下，恰好在八月十八日，来到了钱塘江北岸。

看到蔚为壮观的钱塘江白浪翻滚、潮水滔天，犹如千万匹白色战马齐头并进，他不由得吟诗："怒声汹汹势悠悠，罗刹江边地欲浮。漫道往来存大信，也知反覆向平流。任抛巨浸疑无底，猛过西陵只有头。至竟朝昏谁主掌，好骑赪鲤问阳侯。"

再回过头来，向北望向巍然而立的皋亭山："西湖南北宝峰环，塔寺园亭碎点斑。不似北关门外看，更无一物浣青山。"这皋亭山，还真的是人间天堂！钟灵毓秀，山清水碧，真是梦想中的修道栖身之所！

于是，黄子安决定在皋亭山下搭个凉亭，盖座茅庐，就住在这里修道练功。就当他找到一处向阳坡简单地搭好草棚的时候，黄子安突然之间感觉四肢无力、视力模糊、上吐下泻。他以为是自己长途跋涉劳累不堪加上水土不服的缘故，可是没有想到病情越来越严重，以至于不过短短的几天，他就躺在床上奄奄一息了。

黄子安望着峨眉山的方向，大放悲声："师父，徒儿今生怕是再也见不到您啦！"

就在黄子安叫天天不应叫地地不灵的时候，有个樵夫从这里路过，看到了气若游丝的黄子安。这樵夫也是菩萨般的好心肠，得知黄子安重病缠身且身边没有一个亲人后，他一连几天端水送饭、嘘寒问暖地照顾着黄子安。可是，黄子安的病情依然不见好转。

这天晚上，黄子安昏昏欲睡中，恍惚看见仙师来到自己的床前，神情冷峻地说："为师叮嘱你的话，你都忘得干干净净了吗？给你的包囊，你怎么都没有看一眼？"

"可不是呢！师父还给自己有包囊呢！"子安自言自语地嘟囔着，"子安愧对师父栽培，那个包囊，我马上打开看看。"

黄子安一个激灵，坐了起来，这才发现是做了一个梦。他急忙从贴身口袋中摸出恩师赠送的包囊，一层层地轻轻打开外面精心包裹的荷叶，再小心翼翼地熏掉外层的蜡封，就闻到了一股沁人心脾的芳香，顿时觉得神清气爽。

再朝手心定睛一看，"老君丹"三个龙飞凤舞的大字豁然映入眼帘，这正是恩师的笔迹！要知道，这颗老君丹不仅是世上难得的宝贝，有起死回生之效，而且，恩师只有一粒！

仙师得此宝物，也很不容易。那还要从仙师早年云游说起。很多年前，奉天帝旨意巡视上天下界的太上老君与仙师在机缘巧合之下邂逅，两人一见如故，相谈甚欢，也相见恨晚。在灵鹫山上，他们废寝忘食切磋道经，昼夜不息下棋对弈，斗酒三日饮空百坛，酩酊大醉相守数天，即便是醉眼蒙眬，但一讲起话来依然十分相投。

两个人本打算就住在这个美丽空幽的山林里共同修道，可是太上老君负有天帝使命，两人没有办法只能依依不舍各奔东西。临分别时，太上老君破天荒地从葫芦里取出一颗老君丹，送给仙师留作纪念。

这老君丹是太上老君的毕生心血，太上老君为了炼这炉丹药，可以说是用了百年心血，历尽了千险万难。好不容易，太上老君终于采集齐了天地间千百种名贵的药草，不声不响地炼了七七四十九天，只等开炉取药的时候，却没有想到那个美猴王齐天大圣孙悟空大闹天宫，不仅偷走了太上老君的藏丹葫芦，还吃光毁尽了丹药，气得太上老君大病一场。可就算是这样，太上老君还是把自己最珍爱的老君丹送给了仙师。

想想这太上老君都对丹药如此珍爱，更何况恩师呢！可是，恩师却把这起死回生的丹药送给了自己！此时此刻，黄子安如何不感动得涕泪横流呢！

他挣扎着从床上爬了起来，面向峨眉山的方向，扑通一声双膝跪地，扎扎实实地磕了三个响头，说："师父，您可真是我的再生父母，对我的恩情比天高比海深啊！"

这老君丹果真名不虚传，挥发的阵阵馨香吸入子安鼻中，只要轻轻一闻，就神清气爽，心旷神怡，活力充沛，不过几天，黄子安的病就彻底好了。

于是，黄子安更觉师恩浩荡，把老君丹视若生命。不管是在潜心修道或是上山采药时，都始终将老君丹珍藏在紧贴心脏的位置。无论是劳作还是休息，都会不自觉地把手放在胸前轻轻地摩挲着这个宝贝。

老君丹长时间放在黄子安的胸口，时时感受黄子安有规律的心律搏动，又常常受到黄子安的双手轻摩细擦，再加上气味入了黄子安口鼻中吐纳的气脉，这老君丹仿佛也有了生命，细细看过去，就像有一股股清澈的气体在丹药中不停地流动。

黄子安看了非常兴奋，他心想：假如，用这块老君丹帮助我熬制一些草药，说不定会有意想不到的神奇效果呢？

在之前受到樵夫照顾时，黄子安就感念于皋亭山百姓的善良和淳朴，决定病好之后，一定要用自己的所学和所长，来救治更多的百姓。病好之后，他开始上山采集草药，为百姓诊病治疗。

想到就要做到，这是黄子安的一向风格。于是，他先把老君丹浸泡在煎着汤药的瓦罐中，三个时辰后捞出丹药开始熬煎，果然，百姓纷纷夸赞草药的药力大增，功效十分显著。

从此，黄子安就套用这种方法，让自己熬制的草药药力倍增。一段时间下来，老君丹也发生了很大变化。好像是有了灵性一般，膏体之内如同人的身体一样，有了经络，有了脉搏，有了律动，有了呼吸。白天，它如同一块翡翠一般，有游丝般的香气在膏体内穿梭流动；夜间，它如同一颗明亮的星星，绽放出五彩缤纷的荧光，聚拢着空气里氤氲着的雾气和月光。这种仙气氤氲的变化，让黄子安欣喜若狂。

仲春的时候，黄子安居然发现老君丹上长了一些嫩绿嫩绿的细芽！于是，他小心翼翼地把这一株株嫩芽切下，种在一个个装着泥浆的瓦罐子里边，每天精心地浇上水，施点肥。在黄子安的精心呵护下，这些嫩芽很快就长成了绿油油的小幼苗。过了一阵子，黄子安就把已经有了根须的小幼苗一株株移植在新开垦的坡地上。

每天，他都像是对待一个个初生婴儿一般，仔仔细细地照顾着幼苗。一直到几个月后的秋天。这个时候，幼苗已经长有一米多高，等到它们的枝叶也和周围的树木一样慢慢凋谢时，黄子安从它们的根部好像闻到了一股特别的香味。

于是，他迫不及待地刨开泥土，居然从里边挖出了一团团黄澄澄、金灿灿的累累硕果！一时间，这空气中仿佛也弥漫着犹如老君丹一样的芳香，一阵微风吹来，香气飘送很远，让人闻了感到既清爽又舒服。

用惊喜异常来形容这个时候的黄子安，真的是一点儿都不夸张。可是，他兴奋之余，又有些犯难。他想：这么好的东西，一定要取个合适的名字，否则，也实在是太暴殄天物，太对不起太上老君和仙师的赠丹之恩。

那什么样的好名字才能与这个宝贝名副其实呢？黄子安想来想去，也费尽了心思。取名为"黄根"？不行不行，太俗了！取名为"金丰"？意思就是得此宝物，年年丰收，可是又让人记忆不深。

过了好久，黄子安决定，就根据这个东西的形状来取名吧。你看，这个东西的上面，长得有些像草，那就用草字头表示，它呢，在一层又一层的坡田里生长，那这名字里边至少也应该有两个"田"字，这时候，黄子安突然就想到了"薑"字，这个字，不正符合黄子安对这个小东西的期待吗？里边既有层层田字，还有"一一"相间，"廿"做头，让人一下子就想起了葱翠碧绿的禾苗！

定了，就叫它为"薑"。

种下了这个好宝贝，黄子安自然不会独占，要遵从师嘱，给万民带来好处的。于是，当地的百姓在黄子安的指导下，也开始种植了起来。

开始，人们只在房前屋后种植，主要用于入药，后来呢，人们渐渐发现，这个"薑"用于饭食也非常美味，它的根茎可供药用，鲜品或干品可作烹调配料或制成酱菜、糖姜。茎、叶、根茎均可提取芳香油，用于食品及香料中。

皋亭山

很快，就从皋亭山开始，全国各地的百姓也跟着种植起来。后来由于汉字简化，把"薑"写成了"姜"字。

姜，让整个皋亭山区的百姓都受到了莫大的好处。后人为了感谢黄子安赠姜的恩德，同时，也为了颂扬姜的功效，就在皋亭山下黄子安曾经垦种的姜园旁的山岩上，刻了一个足足有八米长八米宽的大大的"薑"字，这也成了当时皋亭山区的一个大景点。

传说，到了五代十国时期，吴越国王钱镠来到皋亭山设营安寨，在姜园旁的山坡上建造了很多制造弓箭的兵工厂。大规模的建造活动使姜园和"薑"字岩等遭到了严重破坏，只有在皋亭山培植出来的老姜生生不息地流传了下来，也留下了"天下老姜，源出皋亭"的传说。

"凤凰不落无宝之地"：盐的由来传说

杭州有句谚语："凤凰不落无宝之地。"据说，这句谚语的由来还有一个传说。

古时候，钱塘江有个叫彭埠的地方，这里有个人叫阿毛。他勤劳肯干又聪明勇敢，带着一家人在钱塘江边的沙滩上，开垦了很多很多的荒地，在荒地上种上了各种各样的粮食和蔬菜。

有一天，阿毛正在地里劳作，无意中听到扑扑簌簌的一阵阵声响。他一抬头，看见远处的沙滩上，竟然落下了一只五彩凤凰！

阿毛虽然从来没有见过真正的凤凰，但他从小就听过老人们讲述凤凰的故事，对大家描述的凤凰的样子也大致知道一些。他心里想：好不容易遇到一次凤凰，今天要去跟前看一看，凤凰到底有多美！

于是，阿毛立刻放下手中的活儿，赶紧跑向凤凰。可是，就在他走到离凤凰十多步远的地方时，被惊动的凤凰扑扇着翅膀，在天空盘旋了几下就不见了踪影。

阿毛呆呆地站在原地，仰着头看着飞走的凤凰，一直到五彩的凤凰变成一个圆点，彻底消失在天空不见后，他才回到地里干活儿。

一边干活儿，阿毛心里一边暗暗地高兴：能够看见美丽的凤凰，那真是天大的运气！

想着想着，他干起活来也特别有劲头，平常到日落西山才能干完的活儿，这天没有等到太阳下山，地里的活儿就全部干完了。

回到家以后，阿毛就把在沙滩地里看到凤凰飞落的事儿讲给了父亲。

父亲听了非常诧异："你不会是幻觉吧？还是睡着做梦了？我长这么大，只是听老人们讲过凤凰，可从来没听到有人说真正看见过凤凰！古人说，'凤凰不落无宝之地'，如果你看清楚了，真的是凤凰的话，那说明，咱们要交好运气了！你带我到凤凰停落过的地方再去看看，看看周围有没有啥东西？说不定，那就是宝贝！"

阿毛虽然半信半疑，但他还是带着父亲到了凤凰落地的地方。两个人仔仔细细地在凤凰留下爪印的周围寻找了好几遍，却依然没找到任何东西，两个人就像泄了气的皮球一样，失望地回家了。

路上，阿毛边走边说："我明明看到，凤凰就是落在这里的，既然古人都说了，凤凰不落无宝之地，为什么咱们没有找到宝贝呢？是不是光想着宝贝是珍珠玛瑙金银珠宝了，没有想想宝贝也可能是凤凰蛋什么的？"

听阿毛一说，一心想找到宝贝的父亲也来了精神，他突然停住了脚步："走，我们再回去仔细看看。"

父子两个又一次回到了凤凰停落的地方。两个人仔仔细细、全神贯注地寻找，却依然没有找到一样闪闪发光的东西，甚至连一片羽毛都没有发现。可两个人还不死心，阿毛的父亲干脆把留有凤凰爪印的沙泥挖了一块，顺便在一旁的菜地里摘一片芋艿叶子把沙泥包牢，带回了家。

回到家里后，家人看见阿毛父亲拿了一包东西，就高兴地问："老话说的对，果然还是有宝贝的，捡回来了啥，让我们看看吧。"

阿毛说："哪儿有什么宝贝，只不过是挖了块带着凤凰爪印的沙泥回来。"

次日一早，阿毛的父亲跟阿毛说："昨天晚上，我是一夜都没有睡熟，翻来覆去地想，既然是你亲眼看到了凤凰，咱们又在凤凰落地的地方只找到了一块泥，那么，这块泥就是宝贝。我们不应该把这宝贝独占，要上朝廷献给皇帝。说不定，皇上一高兴，我们这辈子就翻身了。"

老父亲说着就忍不住哈哈大笑了起来，就像是自言自语一样："我们家要发达了。"说完，他小心翼翼地把这包泥包好，兴高采烈地去朝廷献宝了。

这一家老小都非常高兴，全家人都在幸福而焦急地等待着好消息传来，可是等到了第七天，才得知阿毛的老父亲坐了牢！

一家人都惊呆了！

原来，阿毛父亲来到大殿上，就迫不及待地描述了凤凰来沙滩的故事，讲完后毕恭毕敬地说："凤凰来处必有宝物，我已经将这宝物装在了匣子里，请圣上过目。"说完，就献上了盒子。

皇帝打开盒子一看，明明就是一块平淡无奇的泥巴而已。皇帝觉得受到了嘲弄，非常生气，当场判定阿毛的父亲为欺君之罪，关进了水牢。大臣们还把阿毛父亲带去的泥作为罪证，挂在大殿大门口，以示警戒。

时光匆匆，一晃阿毛的父亲已经坐了半年牢了，这半年里，那块泥块好像被人遗忘一般，一直挂在大殿的门口。

很快到了梅雨季节，天气又热又潮。这一天，因为大臣们议论国家大事，下朝比较晚了一些，皇上就赏赐大臣们在皇宫吃午饭。

其实，这也不是大臣们第一次吃皇宫的美味佳肴，但不知道怎么回事儿，今天的饭菜和往常一点儿也不一样，格外地新鲜美味，让人回味无穷。

有人提议："今天的菜肴怎么有种特别的鲜味？一定添了什么好佐料。要不问问御膳房的厨师？"

做饭的师傅奇怪地说："没有啊！今天的饭菜和平常的做法是一样的！"

有人说："这么美味的饭菜，不知道和皇上吃的一样不一样？要不，也请皇上尝尝？"

没想到，皇帝品尝了菜肴以后，连声说道："鲜鲜鲜！我也是第一次吃这样鲜美的菜肴，真是人间美味啊！"皇帝问已经在一旁等待的厨房师傅："今天的饭菜为什么这么不同，你到底怎么做的？"

厨房师傅说："陛下，我确实没有在今天的菜肴里添加任何东西，而且还没有改变哪怕一丁点儿做法。"

皇帝一番调查后，发现厨房师傅没有虚言，的确做得和往日一般，连食材都是和往常一模一样。皇帝又叫来了专职送饭的太监，问："你今天在送饭途中，有没有人往菜肴里放什么东西？或者，有没有什么东西掉进菜肴里？"

皇帝这么一问，把送饭太监吓出了一身冷汗："陛下饶命，我真的没有往饭菜里加任何东西，途中也没有任何人打开食盒往里边加东西。"

可是皇帝还是不死心，他坚持让送饭的老太监好好回忆回忆，把可能出现意外的地方都好好想想。

这时候，旁边的一个小太监，也就是送饭太监的徒弟说："陛下，我和师傅路过大殿门口的走廊时，好像感觉到那个包着什么凤凰泥的包里滴下有水滴，但不知道是否溅到了食盒里。"

这时候，送饭的太监才连连求饶："因为是梅雨季节，这两天那个包着凤凰泥的包开始滴水，我也没有太在意。今天我端饭菜经过大殿前的走廊时，好像感觉到泥里滴下了一滴水，滴在盛菜的盘内。当时我也不确定是不是真的滴到，也没有太在意，就端上来给大人们吃了，小人真是罪该万死！"

听到太监这样说，皇帝立刻命令侍卫把大殿门口走廊上的那包泥取来。此时，这包泥已经非常潮湿，泥中的卤水轻轻一挤就流了出来。只见这水清澈通明，还散发着幽幽的清香。

一个大臣主动说："皇上，不如让为臣先品尝品尝，看有没有不妥？"

大臣们尝了以后，说："皇上，这卤水可真的是宝贝呀，我从来没有吃过这样的味道。这味道，和菜里的味道一模一样！"

皇帝说："难怪古人说凤凰不落无宝之地，这块泥，的确是宝贝！"

皇上当即就派出了钦差大臣，专门去监牢里把阿毛的父亲放了出来，并赏了他许多许多的银子。皇上还下令，让阿毛的父亲带着大臣找到凤凰落过的地方，挖出更多的泥存储起来。

于是，朝廷大臣们来到钱塘江边的沙滩上，在凤凰停落过的地方挖了大量的泥土。没想到，泥土中流出来的水积在木板上，经太阳一晒，居然就变成了雪雪白、晶晶亮的东西，这就是盐！盐是人们生活中不可缺少的必需品，自然也是值得珍惜的宝贝。传说，我们现在食用的盐，就是从那个时候才有的。

看来，"凤凰不落无宝之地"真的不是一句虚言！

"钱塘，钱塘，有钱塘未成，无钱成钱塘"：钱御史造钱塘的故事

"钱塘，钱塘，有钱塘未成，无钱成钱塘。"这句相传于杭州的谚语，讲的是钱御史没有钱却造成了海塘的故事。

古时候，杭州、海宁一带时常会遭受水患。一旦江水滔天而来，田地就会被淹没，房屋也会被冲坍，所有的生命都会被吞噬，人也不能幸免。

这一年，又发水灾，眼看太湖以南，钱塘江和杭州湾以北，天目山以东的杭州、嘉兴、湖州三个地方都保不住了，地方官连忙向朝廷告急，请求救援。

得知这一消息，皇帝第一时间召集文武百官商量："杭州、嘉兴、湖州这一带是江南鱼米之乡，千万不能有什么闪失，一旦闹了灾荒，粮库必然会空虚，如果再有敌人趁虚而入，那后果不堪设想。"

皇帝一开口，就有一帮贪官开始高兴了。要知道这造塘堵水，对贪官来说，可是个发财的好差事。

"如皇上恩准，我愿意领队去赈灾。要筑起一道江塘

挡住水患，我只要动用十万两库银，不够的话，我就想办法向百姓们募捐！"一个大臣奏道。

"国家遭难，匹夫有责。下官身受皇恩多年，愿一起去赈灾，为国家效劳。"另一个大臣也附和着说。

这些冠冕堂皇的话，简直比唱的还好听。贪官污吏们总是有着好几副面孔。

可是，贪官到底是贪官，说得再好听，装得再正直，其卑劣的行径也瞒不过所有的人。金殿上有一位非常正直的老御史，姓钱。他早就看透这帮贪官的肮脏心思。这帮贪官一定是想趁着这样的机会鱼肉百姓，大肆敛财。他们建造的海塘，也肯定是花花架子不堪一击。

钱御史上前一步，说："启奏陛下，杭州、嘉兴和湖州的老百姓刚刚遭受了天灾，肯定也拿不出钱来捐，如果强征，肯定会惹了众怒。依老臣之见，也不用向百姓强征，别人十万两能造成的堤塘，我愿意用五万两银子造成。"

不用百姓征银，五万两银子要造海塘，想想都不可能。可是皇帝一听能少花钱，就准了钱御史的奏本。他也想看看这钱御史是如何做到的。

朝堂上的那帮贪官也面面相觑，就等着看这个老御史的笑话："哼，五万两造塘，那是填命吧！"

钱御史领了皇命后，就风尘仆仆来到南方的灾区。之前繁华兴盛的美丽城市，此时完全成了一番破败的模样：百姓流离失所，店铺荒凉败落，作坊也毫无生机。这让老御史的心里更加难过。此时，他多希望立刻建造出抵御水灾的塘堤，护佑百姓世世代代安乐无忧啊！

于是，他立即贴出告示，写道："造塘，挑泥一担，钱十文，运土一车，钱百文。"

灾民们得知建造海塘不仅能护住以后的日子，而且还有工钱后，都喜出望外，奔走相告："快来建造海塘吧，这可是荫庇子孙的大好事儿呢！而且还有工钱！"几乎是一夜之间，所有的人都知道了这个大好事儿，大家纷纷打听，前来报名。

开工的第一天，来工地挑土的就人山人海，由于按照劳动量算工钱，大家的干劲儿都热火朝天，工程的进度也十分快。才仅仅过了三天，工程都干了差不多一半了。因为工钱是按照一天一结的，而且呢，干活儿的人太多太多了，所以第三天发过工钱之后，库官就向钱御史禀报："大人，这才干了一半的活儿，工钱就发完了，怎么办呢？"

钱御史一副胸有成竹的样子，他不假思索地拿起了笔，写出了一张告示让手下贴了出来。

隔天一早，民工们就看到了一个新的告示："造塘三天，库银发完，再造三天，钱在塘内。"

这个告示的内容，让民工议论纷纷："仅仅干了三天活儿，领的工钱就够一家人吃个十来天的了。可是，库银已经发完了，怎么办呢？"

"虽然没有了库银，可是钱御史说了，只要干活儿，就管吃饭。"

"是啊是啊，再干三天，就能造好海塘，以后就不用再受灾难了。为什么要半途而废呢？"

"对啊对啊，造好海塘，挡住水害，咱安居乐业，就是不给工钱，咱也要干好。这可是利在子孙后代的大好事儿呢！"

这个告示贴出来后，不光干活儿的民工一个不少，而且还更多了一些。尤其是人们得知钱御史是个两袖清风、一身正气的好官后，干劲儿更大了！

三天后，一条结结实实、厚重无比的堵水海塘建成在所有人的眼前！看着这一条将为后世子孙堵住灾难的海塘，当地的百姓都非常高兴，他们在海塘的下边载歌载舞，歌颂钱御史的功德。

人们为了让后世子孙也铭记着钱御史"钱在塘内"这句话，把这条海塘取名为"钱塘"，也把原来的那条江称为"钱塘江"。

"西子亡吴，西湖亡宋"：谚语掩盖下的历史真相

杭州民间有一句谚语："西子亡吴，西湖亡宋。"

谚语中的西子指的就是历史上有名的美人西施，意思是说，是西施导致了吴国灭亡，而南宋灭亡的原因也要归结在西湖上。

西施美丽举世无双，西湖美景天下闻名，那么西施和西湖的美，果真有如此大的魔力，能导致亡国灭朝吗？难道美到极致也变成了一种罪过？

还是让我们回溯史实，看看这谚语之后的历史真相究竟如何吧。

春秋时期，周朝王室势力衰落，权威不再，已经没办法有效控制天下诸侯。此时，一些强大的诸侯国为了争夺天下，群雄纷起，开启了争夺霸权的战争，战火绵延。吴国和越国就是其中两个互相争霸的国家。越国对吴国的南方形成了威胁，吴国若想称霸中原，则应先解决越国；而吴国又是越国北上中原的通道，越国必然要先打通通道，才能去中原争霸。鉴于此点，吴越两国之间摩擦不断，双方各有胜负，战争一直延续了二十多年。

公元前 496 年，吴王阖闾率军攻打越国，在槜李之战中，越国使计大败吴国军队。这一战，吴王阖闾竟然因身负重伤而死，越国士气大振，大胜而归。阖闾之子夫差继位为王。公元前 494 年，越国军队用水军攻打吴国，战于夫椒（今江苏太湖中洞庭山）。没想到这次越国军队大败，夫差乘胜追击，一直打到了越国国都会稽（今绍兴）。越王勾践只剩下残兵败将五千余人，被夫差率大军围困在会稽山上。危急时刻，勾践与大臣们商量，决定向吴国投降。当时，吴国大臣伍子胥对夫差建议说："今不灭越，后必悔之。"但是吴王夫差心里，却在考虑更大的一盘棋——北上中原争霸，才是吴王夫差的终极梦想。一个小小越国，既然国君都已经请降了，又何必再赶尽杀绝呢？夫差没有采纳伍子胥的建议，不过为了以防万一，夫差提出让勾践作为人质去吴国，才同意接受越国投降。勾践同意了，于是夫差撤兵回吴，勾践带着妻子和大臣范蠡一起随行。当时的夫差意气风发，无论如何也想不到伍子胥的那句话后来竟一言成谶。

勾践跟随夫差回到吴宫，做起了仆役做的活儿。夫妇二人为吴王驾车养马，整整三年，无一句怨言。其间，为了表现自己的忠心，勾践甚至干出了"尝粪"的事情。一次，夫差生病了，范蠡对勾践说："夫差得的应是小病，大王去尝尝他的粪便，以此来讨好他，以获得他的信任。"勾践依计而行，果然感动了夫差。就这样，夫差认为勾践已经完全臣服于吴国，不可能再有什么二心，于是在三年后放归了勾践。

勾践回去之后，卧薪尝胆，时刻想着要向吴国复仇。越国通过一系列发展生产与提升军队战斗力的措施来富国强兵。越国大臣文种还归纳了灭吴七策：第一是不断进献给吴国君臣大量财物，使他们更加信任越国，不再防范，同时又能使夫差耽于奢靡，沉迷于享乐。第二是高价收购吴国的粮食、草料，这样吴国的粮草储备就减少了。甚至有一年，越国借着本国天灾的机会，先向吴国借了些粮种，还的时候精心挑选了颗粒又大又饱满的双倍奉还。夫差见越国的粮种很好，就发给百姓耕种，没想到越国还的是蒸煮过的种子，那一年吴国粮食大面积颗粒无收。第三是赠送美人给夫差，来迷惑他的心志，使他沉迷美色。越国当时在全国范围内寻到了两个美女——西施和郑旦，然后送给了夫差。第四是给吴国送去了很多能工巧匠和巨大的木材，引诱夫差大兴土木，好让吴国劳民伤财。第五是结交、培养吴国大臣中的阿谀奉承之辈，有了佞臣，才能通过他们祸乱吴国的朝政。而吴国的伯嚭就这样不负越国"期待"，成功当上了一个佞臣。第六是离间吴王夫差与忠臣伍子胥的关系，伍子胥几次劝谏夫差，一定要先灭越，再进军中原，但都被夫差拒绝。后来夫差在伯嚭的挑拨下，令伍子胥自杀，等于自断一臂。第七是发展壮大自身国力，通过以上几种计策来消耗吴国国力，等到越国力量占优时，再攻打吴国。

可以说，这七条计策，简直就是给吴国的"量身定制"，而我们也可以看出，美人计只是其中一计，西施作为一个小小的棋子，在吴越争霸大局中能起到的作用十分有限，她不能参与朝政，在政治上的作用也仅仅是让夫差以为越国忠诚，从而疏于防范罢了。

吴国的灭亡，有多方面的原因。夫差野心勃勃，公元前489年，吴国进攻陈国，次年攻鲁。公元前484年，吴国与鲁国结盟，进攻齐国，全歼齐国十万大军。公元前482年，吴国于黄池之会中与诸侯会盟。在不断的征伐下，吴国终于称霸，但连年的征战已经导致了吴国国力的下降。在夫差还在黄池品尝胜利的美酒时，勾践却趁此吴国大军在外，突然偷袭，攻入吴国，杀死了吴国

太子。但是吴国并没有很快灭亡，吴越两国的战争一直
持续到公元前 473 年冬，勾践才攻入吴国都城姑苏，夫
差自刎而亡，临死之前，他想起当初伍子胥的话，十分
后悔。然而后悔有什么用呢？他确实有雄才武略，但却
刚愎自用，轻敌轻信，在自己的后方放了一颗定时炸弹，
最终，吴国被炸得烟消云散。但古代一直有"红颜祸水"
的说法，向来把美女归咎为亡国的罪魁祸首，于是"西
子亡吴"的说法便这么流传开来，其实不过是推卸责任
罢了。

唐代诗人罗隐曾写过一首《西施》："家国兴亡自有
时，吴人何苦怨西施。西施若解倾吴国，越国亡来又是
谁？"是啊，如果说西施亡吴，那么越国灭亡了又该怪

〔五代〕周文矩《西子浣纱图》

谁呢？

同样，"西湖亡宋"的说法，也不过是亡国的君臣为自己盖上的一块遮羞布罢了。

1127年，金人南下，攻陷了宋朝国都东京（今河南开封），北宋灭亡。同年，宋高宗赵构在南京应天府（今河南商丘）即位，建立南宋。随着金军的南下进攻，赵构又逃到杭州，并把杭州升为临安府。临安临安，这本来打算临时安顿的地方，没想到却成了南宋君臣的长安之所。

宋高宗赵构刚即位的时候，迫于形势和当时民心所向，曾任用李纲、宗泽、岳飞、韩世忠等主战派将领。但是，当形势稍有安定，可以苟且偷安以后，他又开始罢免主战派官员。赵构的心理，一方面是害怕将领功高震主，另一方面，也是害怕真的收复失地，曾经被金人掳走的宋钦宗回来以后，自己的皇帝宝座会不会不稳当呢？所以，当岳飞在前线连续大捷，大破金兀术，已经打到了故都附近的情况下，还是做出了连下十二道金牌召回岳飞的蠢事。赵构一己私欲，使南宋错失收复中原的机会，害得那些抗金将领和军民多年努力毁于一旦，更是错过了南宋有可能中兴的一个契机。

长江以北，中原的百姓还在苦苦盼望王师归来；长江以南，南宋朝廷的君臣们已经歌舞升平，醉生梦死，把收复山河的重任早就抛诸脑后。诗人林升愤而作《题临安邸》："山外青山楼外楼，西湖歌舞几时休。暖风熏得游人醉，直把杭州作汴州。"深刻地讽刺了整个朝廷偏安一隅，纵情享乐的奢靡风气。

当时，人们若要远行，通常会买去往目的地的地理图。

有人写过这样一首诗："白塔桥边卖地经，长亭短驿甚分明。如何只说临安路，不较中原有几程？"意思是说，西湖南边的白塔桥那里有人在卖地理里程图，图上的长亭短亭标注得很明白。可是为什么只有从各地到临安的路线，却不标注去中原的道路里程呢？

民间抗金的呼声无论多高，南宋朝廷的统治者们都完全忽略不计。他们计较的只是自己怎样能多享乐，只顾着眼前安逸，游山玩水，纵情于声色犬马之中。山清水秀的杭州，天下闻名的西湖成了达官显贵最舒适的游玩去处。

而在此时，金国在逐渐衰落，蒙古正悄然崛起。1234 年，金国蔡州被蒙宋联军攻陷，金哀宗自缢，金国灭亡。南宋朝廷一派欢腾，毕竟，他们也没出什么力气，跟在蒙古的身后，就灭了百年仇敌，这可不是人人值得庆贺的好事吗？然而，短视的南宋统治者却没有意识到，在失去金国的屏障之后，他们马上要面临着比金国更强大的蒙古铁蹄。对于南宋统治者来说，金国尚且不能抗，何况更强悍的蒙古呢？

1271 年，忽必烈在中原建立大元帝国。对于一心抗金抗元的南宋主战军民来讲，无论如何，唯有精忠报国，唯有尽力而已。毕竟，没有朝廷的支持，只靠百姓和义士们去抗金抗元，力量还是太弱小了。1276 年，元军攻占临安，5 岁的南宋皇帝恭宗被俘。

此时，只剩下陆秀夫、文天祥和张世杰等人还在苦苦支撑，他们连续拥立了两个年龄极小的皇帝（端宗、幼主）。元军穷追猛打，文天祥兵败被俘，张世杰战船沉没，1279 年，崖山海战失败，陆秀夫背着刚满 8 岁的小皇帝跳海而亡，南宋就此彻底完结。

具有讽刺意味的是，这次没有美人被推出来当亡国的罪魁祸首，于是美丽的西湖便被推了出来担起了"亡宋"的黑锅。却不知道此时南宋朝廷那些整日醉生梦死的皇帝和大臣们，如果泉下有知，会不会觉得羞愧呢？

“西湖景致六吊桥，间株杨柳间株桃”：前人栽树后人乘凉的典型案例

又是一年春晓，西湖如玉，苏堤如带，堤上绿柳依依、红桃灼灼，红翠间错，正所谓“桃红柳绿”是也。在此游玩的人们会发现一个神奇的现象——苏堤两侧间隔一株杨柳便种植一株桃树，整条苏堤都是如此。将近3公里长的苏堤两侧，基本没有其他树种，这也正是民谚“西湖景致六吊桥，间株杨柳间株桃”的由来，而这里，还包含着一个动人的故事。

北宋熙宁四年（1071），苏轼被授为杭州通判。这是他第一次来到杭州当地方官。西湖之美使他沉醉，在游玩西湖时，苏轼写下了“欲把西湖比西子，淡妆浓抹总相宜”的名句。一转眼十几年过去了，元祐四年（1089），苏轼第二次来杭州，这次他做的是知州。到任安顿好后，他迫不及待来到西湖，却发现西湖已今非昔比：由于常年不治，导致湖泥淤塞，葑草芜蔓。苏轼十分心痛，认为“杭州之有西湖，如人之有眉目”，他决定疏浚西湖，重开美景，为杭州人做件好事。

说干就干，苏轼回去之后，就组织人手，张罗起准备工作。先是贴出疏浚西湖的告示，让老百姓都知道这件事。不过，一个问题把苏轼难住了：西湖久未治理，

淤泥葑草极多，疏浚出来之后，如果堆放在西湖四周，既妨碍交通，又污染环境，如果挑运到远处去，费工费时，何年何月才能将西湖疏浚好呢？对于淤泥堆放何处，苏轼愁了好几天，苦苦思索也没想出好办法。他决定干脆到西湖四周走走，实地查看情况再说。

苏轼和随从先来到了北山栖霞岭。栖霞岭是通灵隐、天竺的要道，他四处打量一番，这里堆放葑泥，就会把通道堵死，肯定不行。那么南山净慈寺那边是否能放呢？苏轼站在西泠渡口，看着对面的南山，正想喊渡船的时候，听到从柳林深处传来一阵渔歌声："南山女，北山男，隔岸相望诉情难。天上鹊桥何时落？沿湖要走三十三。"

呀，鹊桥！敏感的苏轼抓住了"鹊桥"两字，脑中灵光一现，想出了一个办法：天上能架鹊桥，湖上难道不能修长堤吗？用疏浚出来的葑草淤泥修个长堤，既解决了无处堆放的问题，又方便了南北两岸交通，这可是一举两得的好事啊！

苏轼大为兴奋，喊了一声："好！"话音刚落，柳林之后飞快地划来一艘小船。船头的青年渔民向苏轼行礼后说："小民在此等候大人多时，快请上船吧！"

苏轼惊喜地问："你怎么知道我要来湖边？"渔民回答道："大人要疏浚西湖，自然要到湖边来亲自察看，所以小民特来恭候。"苏轼又问："刚才的渔歌是你唱的吧？"渔民挠挠头，有些不好意思地笑了："是啊，这就是我们南北山小民的心愿。"

苏轼乘上渔船，小船悠悠，很快就划到了南山。这时，柳林中又驶出一只小船，一阵婉转悦耳的歌声传来：

"南山女，北山男，年龄大过二十三。两情相慕难诉说，牛郎织女把堤盼。"这次，唱歌的是个年轻的渔家妹子。

苏轼听了，哈哈大笑道："唱得好，唱得好。南山女，北山男，让我在湖上筑一条长堤，成全你们的好姻缘吧！"

苏大人要在西湖上筑堤的消息传了开来，众人闻讯赶来，都主动要求出工出力。看着南北山的渔民、农民和城里的居民，看着一张张信任并充满干劲儿的脸，苏轼非常感动，他向大家行礼致意，说："谢谢乡亲们！连年旱涝成灾，你们生活也十分困难。我已经把此事上报朝廷，请求拨一批大米，以工代赈。"乡亲们听说还给发粮，更加踊跃，最后参与疏浚筑堤工作的达到了20多万人。人们齐心协力，众志成城，从夏到秋，几个月时间就在北山至南山间筑好了七段长堤，段与段间留了六处水道。不过由于经费不足，暂时未能造桥。湖北岸一个青年樵夫想出了个好主意，砍了一批树木，拼成木板，

苏堤

造了六顶吊桥，平时吊桥拉起，让里外湖的船只往来通行，早晚把吊桥放下，让两岸乡亲通行。百姓又自发在堤边种上桃树和柳树，既是为了保护堤岸，也能为西湖增添美景。

后人为怀念苏轼浚湖筑堤的政绩，就将这条南北长堤称为"苏堤"。每到阳春三月，苏堤两岸春柳如烟，碧桃盛放，暖风细细，好鸟和鸣，这样一幅美好的画卷徐徐展开，正是"西湖十景"之一的"苏堤春晓"。而那六顶吊桥，也已经修成了六座石拱桥，分别是：映波桥、锁澜桥、望山桥、压堤桥、东浦桥、跨虹桥。

"西湖景致六吊桥，间株杨柳间株桃。"如果你有机会来到西湖，一定要去苏堤走一走，看看两岸的树木是否真的是一株杨柳一株桃呢？

“朝中无宰相，湖上有平章”：
南宋权相贾似道的跌宕人生

……王爚入见太后曰：“本朝权臣稔祸，未有如似道之烈者。缙绅草茅不知几疏，陛下皆抑而不行，非惟付人言于不恤，何以谢天下！”……于是始谪似道为高州团练使，循州安置，籍其家。……（德祐元年）八月，似道至漳州木绵庵，虎臣屡讽之自杀，不听，曰：“太皇许我不死，有诏即死。”虎臣曰：“吾为天下杀似道，虽死何憾？”拉杀之。

——《宋史》卷四七四《贾似道传》

起程再无回头路，权相魂断木绵庵

农历八月，白日秋阳正烈，到了夜里却是十分凉爽。将到了五更时分，天尚黑着，漳州城门刚刚打开，一个彪形大汉推搡着一位老丈，叱道：“快些起程，难道还想留在这里吃酒不成！”那老丈衣衫褴褛、形貌狼狈，听了叱喝只是唯唯诺诺。老丈身后两个年轻后生，且是一样的狼狈光景，也噤若寒蝉，不敢言语一声。

一行人出城急急走出五六里路，那老丈深一脚浅一脚，只不敢叫苦，咬着牙硬挨。这一路早是习惯了，若要叫苦，说不得立刻挨上几句叱骂，他只敢腹诽：从临安行来数千里路，出发之日尚有婢妾童仆近百人、金银财宝十余车，到如今只剩父子三人相依为命，若非这天杀的监押官郑虎臣百般为难，怎会在路上受这许多苦楚！又寻思道：只盼早早到了循州，离了这瘟神，那时自有好时日可享。

然而，他无论如何也想不到，他永远到不了循州了，更不会再有什么能享受的好时光，他的好时日，都早早被他挥霍殆尽，伴随着南宋江山的风雨飘摇，一起灰飞烟灭。

这是发生在南宋德祐元年（1275）的一幕。而路上被押解的三人，就是被贬谪的南宋权相贾似道父子三人。监押官是会稽县尉郑虎臣。

此时天光微明，尚未大亮，路边有个庵堂，牌匾上书"木绵庵"三字。监押官郑虎臣让三人停下歇脚，贾似道父子齐齐舒了口气，自去梳洗。

郑虎臣见贾似道洗漱稍歇，因恼道："眼看着朝廷万般难处，平章这祸国殃民的偏还命长，若是我，早一头撞墙和先皇请罪去。"

郑虎臣这般言语暗示他自杀，一路上贾似道早已听了多次，只作不懂。今已到漳州，距循州已近，又听他这样说，便回道："太皇允许我不死，有诏让我死就死。"

郑虎臣怒喝一声："奸贼，你祸国殃民，有何颜活于天地间！"抄起随身大槌，砸向贾似道。眼见贾似道伏诛，郑虎臣掷槌于地，大笑道："我为天下杀贾似道，即使死了，又有什么遗憾呢？"

想来，贾似道万万不会想到，自己连贬谪地还没到，就命丧木绵庵，死在一个小小的县尉手上。然而，更具有讽刺意味的是：十五年前，前任宰相吴潜贬于循州后被贾似道党羽害死；十五年后，循州风雨如日，当年害人的主谋也在此地伏诛。天道循环，后人感叹："吴循州，贾循州，十五年前一转头。"

从市井混混到南宋宰相，贾似道的权臣之路

贾似道是京湖制置使贾涉之子，贾涉死时，贾似道年仅 11 岁。此后贾家家道中落，又缺失了父亲教育，少年贾似道难免染上了些痞气。他整天游荡，饮酒赌博，不务正业，没有操行。如果按照这个道路走下去，那么贾似道最多也就是成为一个不学无术的小混混罢了。转折在端平元年（1234），那一年，贾似道因为父亲的恩荫，被补官为嘉兴司仓（管理仓库的小官吏）。虽说只是一个小吏，但好歹也算有了"官身"。就这样，贾似道正式踏入了南宋朝廷的"体制内"，当时他 21 岁。4 年之后，贾似道考取了进士（见《咸淳临安县志》卷六），可以说，贾似道拿到了一块古代官场含金量极高的通行令。

当时，贾似道的姐姐是宋理宗的妃子。贾妃顾念弟弟，央求宋理宗下诏让贾似道入朝奏对。这次奏对之后，贾似道的人生就像开了挂一样，开始顺风顺水、接连升官。他先后担任过太常丞、军器监、湖广总领、户部侍郎、沿江制置副使等官职。这时，贾似道升迁虽快，但还属于普通官员，不过他喜爱奢靡浮华的性子，已经露出端倪。

有一次，宋理宗晚上登楼远望，看见西湖中灯火异常明亮，与平时不同。宋理宗对左右侍臣说："这一定是贾似道在那里。"第二天一问，果然如此。宋理宗想磨磨贾似道的性子，就把他外放到澧州去当知州。

淳祐七年（1247），在贾似道任江州知州兼江南西路安抚使时，贾妃去世。此后，他的升迁依然极快。宝祐二年（1254），贾似道被封为临海郡开国公，加同知枢密院事。此后，贾似道威权日盛，很多官员都要看他的脸色做事。

真正奠定贾似道权相地位的是鄂州之战。宝祐六年（1258），当时的蒙古大汗蒙哥发动战争进攻南宋。蒙军有三路兵马，蒙哥亲率一路兵马从西路进攻四川。另外两路，一路是策应部队，另一路由他的弟弟忽必烈带领。

俗话说，养兵千日，用兵一时。宋理宗想起了自己一直提拔的贾似道。于是，正在镇守扬州的贾似道被任命为枢密使兼京西两湖四川宣抚大使，进驻峡州（今湖北宜昌），加强长江中上游的防御，并由贾似道对各战区统一调遣指挥。

历史有时候就是那么巧，开庆元年（1259）七月，蒙哥进攻受阻，死于合州城下。这件事直接导致了此次蒙军的进攻计划失败，也给了贾似道一战成名的机会。

而与此同时，忽必烈的大军却迅猛南下，至开庆元年八月底已打到长江北岸，九月初九，围困鄂州。鄂州将领张胜虽然多次击退蒙军的进攻，但实际上，鄂州空虚，如果没有支援，坚守不了多久。而此时人在朝中的宋理宗，面对战局信心丧失，都准备迁都了。

鄂州城盼援军，宋理宗盼蒙古退军，站在历史这一刻的贾似道，闪亮登场。

开庆元年十月，贾似道作为宋军前线最高指挥，从汉阳来到鄂州，设法潜入被蒙军团团围住的鄂州，指挥鄂州保卫战。各路宋军也陆续赶来支援。

忽必烈此时已听闻蒙哥去世的消息，急于速战，多次进攻。宋军官兵前仆后继、喋血沙场，在伤亡惨重的情形下勉强保住鄂州。蒙军又挖地道攻城，贾似道命令士兵在城墙内壁建造木栅，形成夹城，蒙军也无法从地道潜入。双方陷入僵持之中，然而鄂州城中死伤已再经不起消耗。贾似道秘密派人到蒙古军中求和，表示宋朝愿意称臣、每年献上岁币。然而忽必烈不同意。贾似道没有办法，只好咬牙死守。这时，忽必烈接到密信，弟弟阿里不哥正紧锣密鼓地密谋大汗之位。忽必烈得到消息后，非常焦急。恰在这时，贾似道再次密派使者前来求和，请求罢兵，并许诺称臣、岁贡。忽必烈惦记着蒙古汗位的争夺，已经无心恋战，于是顺水推舟，同意"和议"，撤军北归。

在蒙军撤退的时候，宋军乘机袭击其殿后部队，杀死百余人。对此，贾似道在上书给宋理宗的奏折中是这样说的："诸路大捷，鄂围始解，江汉肃清。宗社危而复安，实万世无疆之休！"鄂州能够解围的真正原因，贾似道绝口不提，却文过饰非，吹牛到如此地步，也是独一份了。

然而宋理宗却信以为真，以为贾似道立下了扭转乾坤再造宋室王朝之功。他下诏说："贾似道为吾股肱之臣，任此旬宣之寄，隐然殄敌，奋不顾身，吾民赖之而更生，王室有同于再造！"

班师回朝的贾似道被皇帝视为功臣，封为右丞相，从此权倾朝野，走上了权臣之路。

"朝中无宰相，湖上有平章"

当忽必烈在蒙古平定内部纷争，即位为蒙古帝国大汗，准备磨刀霍霍向南宋的时候，南宋的君王和宰相，却正在比赛纵情享乐。

景定五年（1264），宋理宗驾崩，宋度宗即位。宋度宗将朝政全部委托给贾似道，任命贾似道为太师、平章军国重事，而自己每天却在后宫厮混。贾似道每次朝见时，宋度宗不但允许他入朝不行跪拜礼，而且还会对他回拜，并称他为"师臣"；更离谱的是，贾似道走时，宋度宗会站起肃立，目送他走出宫门后才坐下来。就这份皇帝站立目送的待遇，贾似道堪称大臣里的头一份。而朝臣都称他为"周公"，贾似道也欣然受之。

宋度宗为贾似道建造了一座超级豪华的府邸，位置在西湖北面风景绝佳之地葛岭，与皇宫隔西湖而对，并给这座府邸起名为"后乐园"。"后乐园"取范仲淹名句"先天下之忧而忧，后天下之乐而乐"之意，但实际上，这对君臣都是"先乐"于百姓的。

当时，临安百姓中流传这样的一句谚语："朝中无宰相，湖上有平章。"这话怎么讲呢？大概这座园子太合贾似道心意了吧，反正贾似道基本上每天都在这里待着，朝廷有事，官吏们就每天抱着文书跑到后乐园，请他签署。贾似道还养了很多门客，其中有两个门客廖莹中、翁应龙专门替他裁决朝中大小事情。可怜其他一众朝臣都成了聋子的耳朵——摆设。

咸淳四年（1268），稳定了后院的忽必烈气势汹汹，卷土重来，率大军包围了襄阳。咸淳五年（1269）又围攻樊城。襄樊的告急文书雪片般飞往临安，形势如此紧急，

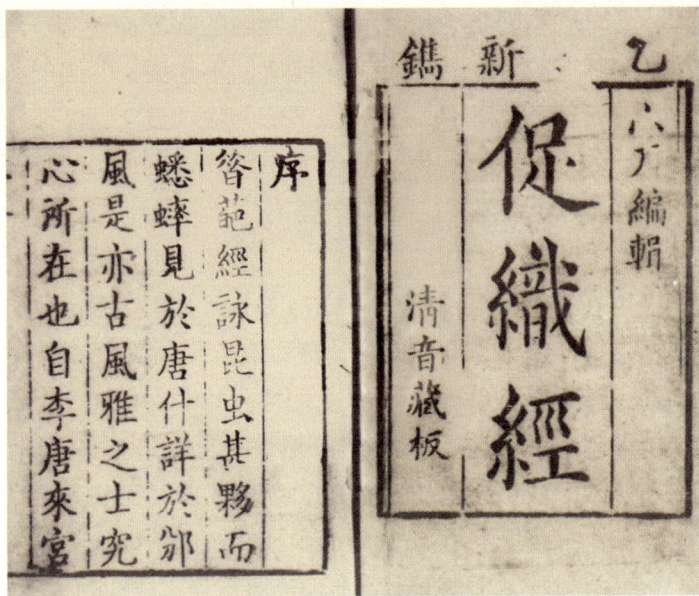

《促织经》书影

灭国危险眼见逼近，贾似道却依然每天在葛岭府邸玩乐，每天斗斗蟋蟀、喝喝美酒，大小政事仍然交给门客处理。一朝宰相，当此国家危难之际，不去朝廷处理国事，反而在西湖边过起了"神仙日子"！

百姓敢怒不敢言，贾似道的府邸也无人敢接近，只有从前的赌友每天过来赌博。有一次，贾似道与小妾们蹲着斗蟋蟀，与他亲近的赌友开玩笑问："这就是平章的军国重事吧？"一边是战事紧急、前线将士奋力鏖战；一边是依然沉迷于斗蟋蟀并还有闲心写出一本《促织经》的宰相。当忽必烈建立元朝，准备大展雄图之时，风雨飘摇的南宋王朝已经走在了灭亡的路上。

"满头青，都是假，这回来，不作耍"

咸淳九年（1273），樊城、襄阳相继陷落。元军杀气腾腾，继续前行。当时的临安流传着一句民谣："满头青，都是假，这回来，不作耍。"当时人们头上流行佩戴青色假玉，以"假"喻"贾"，实际上是讽刺贾似道不顾民生；而这回元朝军队打过来，可不是来玩耍的，暗指南宋王朝真的要灭亡了。

咸淳十年（1274）七月，宋度宗因酒色过度驾崩。其嫡子赵㬎即位，是为宋恭帝。那时，宋恭帝年仅4岁，朝政依然由贾似道把持。此时，长江中上游地区基本上已经被忽必烈攻下，沿途将士投降者极多，南宋摇摇欲坠。朝野内外大受震动，朝中很多官员把希望寄托于贾似道身上，呼吁贾似道亲征，希望他能像上次解鄂州之围一样，再退元军。贾似道终于当不成他的"湖上平章"了，在谢太后的催促下，德祐元年（1275）正月，贾似道率领13万宋军于丁家洲设防，令其婿孙虎臣领7万宋军列于长江两岸，淮西安抚制置使夏贵以战舰2500艘横亘江中。自己则率领后军驻扎在鲁港。13万大军陈列于此，静候元军到来，施行一场阻击战。

然而，历史没能重演，这次，忽必烈没有起火的后院，而贾似道，也再不会有求和的机会。

德祐元年二月十六日，元军统帅伯颜率军行至丁家洲，与宋军相距不过几里。伯颜看到宋军人多势众，决定先骚扰宋军，他派人做了几十个大木筏，上面放了柴草，故意吓唬宋军说要烧了船队。南宋官兵只能日夜严防死守，很是疲惫。二月二十一日，伯颜率部发起水陆两线进攻。步骑军沿江两岸进攻，又用巨炮轰击宋军船队，并趁乱以数千小船发起冲锋。南宋前锋姜才身先士卒拼死抵抗之时，孙虎臣竟然弃阵逃跑！军中将士无主，很快溃不成军。而夏贵竟然也跟着不战而逃。贾似道得到消息，惊慌失措，急忙鸣金收兵，自己带了几个亲信乘坐小船逃到了扬州。13万宋军溃散之下，被元军追击袭杀，死伤惨重，江水都被鲜血染成了红色。

丁家洲之战，元军歼灭了南宋军队主力，而贾似道也被钉在了南宋历史的耻辱柱上。朝中大臣纷纷请旨处死贾似道，但谢太后不允，说："贾似道为我三朝勤劳，怎忍心因一朝的罪过，失去对待大臣的礼法。"只是罢免了贾似道平章、都督的官职。最终在一众朝臣的极力请求下，才把贾似道贬为高州团练使，安置到循州。

贾似道身历南宋理宗、度宗、恭帝三朝，均被委以重任，可以说是"以国士待之"，然而这个终日沉迷玩乐的"蟋蟀宰相"，国家危亡之际，只顾苟且逃生，又何曾以"国士"回报南宋呢！

德祐二年（1276）二月，元军兵临临安城下。谢太后令人打开城门，偕宋恭帝降元。

祥兴二年（1279），宋元崖山海战，宋军大败。丞相陆秀夫背着宋少帝赵昺投海自尽，南宋正式灭亡。

果然是"这回来，不作耍"，不能怪民谣一语成谶，而是南宋朝廷，给自己制造了太多的掘墓人。然而，这最后一任丞相和最后一位皇帝，却给南宋留下了最浓墨重彩的一笔。至今，崖山海战古战场处，仍有人前去凭吊南宋最后的风骨；而漳州城外木棉庵下，一座石碑也静默而立，石碑是明朝抗倭名将俞大猷所立，上书："宋郑虎臣诛贾似道于此。"

"钱塘不管，仁和不收"：讽刺推诿责任的谚语

古时候，杭州的钱塘县和仁和县这两个县的地域呈交错状，城区内管辖的地盘犬牙交错，而且还时常有变化，很难区分，而城区外西湖周围的山，有的属于钱塘，有的属于仁和。所以，一些发生在两县交错地带的纠纷或者案件，经常会出现两个县都不管的情况。仁和县认为：不该找本县，应该找钱塘县。而钱塘县也认为：不该找本县，应该去找仁和县。这样可苦了百姓们：到了仁和，县官不理你；到了钱塘，也是投诉无门。两县互相推诿责任，久而久之，人们就传出来一句讽刺的话："钱塘不管，仁和不收。"有时候也说作"钱塘勿管，仁和勿收"。意思是说，事情没人管，两边都不理会。

而围绕这句谚语也有一些民间故事。有一个故事是说，有个人在过桥的时候，发现桥上有一具尸首，这个人就报了官。但是这座桥一边是钱塘县辖区，一边是仁和县辖区，这个人报给哪个县都不管。报案的人无奈又气愤，这事传开后，就有了"钱塘不管，仁和不收"的说法。

民间还有一个"一桥跨两县"的故事，但意思却与上一个故事大相径庭。

有个姓王的商人住在钱塘县，有个张员外住在仁和县。两人都是做生意的，时常往来，关系不错，两人就有意结亲。恰好，两人的妻子不久之后各生了一个孩子，张家是个女儿，王家是个儿子。王姓山货商与张员外一商量，干脆写了婚书，给两个小娃娃定了亲，等他们长大后成婚。可没想到，天有不测风云，人有旦夕祸福，王姓商人在一次收购货物的时候被强盗抢劫杀死了。剩下的孤儿寡母原本靠着家中的财产过活，日子也能过得下去。但屋漏偏遭连夜雨，王家又遇到了失火，家中财物一烧而空。王夫人无奈之下，只得带着儿子投奔娘家。她的娘家在山里，时间久了，王家与张家也就断了联系。

时光飞逝，转眼就过去了十几年。这十几年中，王夫人在山里含辛茹苦拉扯儿子长大成人。王家公子白天耕种，夜里读书，长得高大健壮，同时又胸有诗文。而张员外经营生意是越做越大，已经成了仁和县里有数的富翁。张家小姐出落得如花似玉，才貌双全。来求亲的人踏破了门槛，但是张员外都没有放话。实际上他心里非常懊恼，很是后悔当初与王家结亲。王家破落了，张员外想悔婚，但是双方当初都写了婚书，这婚书是凭证，赖也赖不掉。就算是去官府打官司，那也是赢不了的。

这天，张家小姐出门，途经一座小桥。忽然一头老牛发了疯，顶撞过来，把张小姐的轿子撞落了桥下。这时候，桥上过路的一个小伙子赶紧下水把张小姐救了上来。这小伙子正是王家公子，王夫人让他来城里寻张员外与张家小姐成亲。

张员外一听是王家公子救了女儿，心中不想认账，决定先去告闯祸牛的主人赔偿银两。也是巧，这座桥下的河就是仁和县和钱塘县的分界，牛在桥上闯祸了，牵牛的老汉吓得不轻，幸亏人被救上来了。张员外揪着老汉去告状，但没想到，仁和县说，牛撞过人后过了桥，已经到了钱塘县的地界，让他们去钱塘县。而钱塘县认为，牵牛老汉是从仁和县过来的，此事理应仁和县解决。两县都不搭理张员外，张员外无奈，又看李老汉家徒四壁，什么也赔不出来，只得作罢。

这时，王家公子找来了，张员外朝他索要婚书，王家公子如实告知，婚书在家中失火的时候烧掉了。张员外一听心中大喜，于是送了王家公子一些银两，打算就此赖掉婚事。王家公子也是有骨气的，扔掉银两，愤而走人。他想去告官，又觉得两县肯定推诿不管，这婚约赖掉也罢，还是苦读诗书，争取早日功成名就。

没想到这事被张家小姐知道了，她那日被王家公子所救，见他心地善良又气宇轩昂，还是自己的未婚夫婿，早已暗许芳心。父亲赖婚不对，张家小姐据理力争，但是张员外一心想找个富贵人家的公子做女婿，不理会女儿。没办法，张家小姐去找了王家公子，两人私奔到钱塘县住下。张员外气急败坏告到钱塘县，告王家公子拐卖自己女儿。没想到钱塘县令认为事情发生在仁和县，还是应该仁和县来管。张员外又找仁和县，但仁和县令认为人现在钱塘县住着，就该钱塘县来管。张员外气得不行却也没什么办法，只是坚决不认女儿女婿。

张家公子发奋读书，进京赶考考上了进士，被皇上封了大官。消息传来，张员外十分高兴。张家公子回来的时候，钱塘县和仁和县的县令赶紧设宴招待。席间，张家公子告诫他们，作为两县县令，不能互相推诿，不然百姓求告无门。这时，两县县令解释说，其实他们并不是真的互相推诿，有些案件推了是有原因的。比如上次牛撞人，那牵牛老汉家徒四壁，张员外想索要巨额赔偿，所幸没人受伤，干脆就不接状纸，也是对那贫苦老汉的保护。而张员外状告拐走女儿一案，两县县令也是基于如此考虑，既然自幼就有婚约，两个年轻人又情投意合，就不能接了状纸棒打鸳鸯了。如果真的有恶性案件，两县县令自然会联手勘查缉捕。

但是"钱塘不管，仁和不收"这句话早已经在百姓间传开了。张公子和女儿回来，张员外厚着脸皮认回了女儿女婿，张家公子也做了一个清正廉明的好官。

关于这句谚语的两个民间故事内容不同，但历史上钱塘县和仁和县的管辖区域确实是犬牙交错，所以两县交界处发生的案件，确可能是"钱塘不管，仁和不收"。

"弟兄和睦，紫荆抽芽"：谚语中朴素的家庭伦理观

有道是"兄弟同心，树木同根""兄弟同心，其利断金"，说的是兄弟姊妹只要同心同德，兄友弟恭，生活就会越来越美好。在杭州民间，就流传着"弟兄和睦，紫荆抽芽"的谚语，其背后的故事是这样的。

古时候，杭州北关门外有一户田姓人家。田家祖祖辈辈都是农民，一家之主田老汉生了三个儿子。老汉一辈子没进过学堂，自然不识几个字，给儿子们取名也相当简单，大儿子取名田老大，二儿子就叫田老二。这两个儿子都已早早地娶妻生子，只有小儿子田老三年龄还小，尚未婚配。

有一年，田老汉忽然身患重病，久治不愈，卧床不起，眼看着一天比一天衰弱无力，三个儿子既心疼，又着急。

这天早上，田老汉的精神好像是好了不少，他把三个儿子和两个儿媳喊到自己的病床前，只见他从床铺的草褥子里边拉出一些稻草，给儿子、儿媳每个人分了一根，说："我不偏不倚，每个人分给你们一根稻草，你们用手拉拉？"

儿子和媳妇们感到非常奇怪："如果拉断了怎么办？"

田老汉说："你们只管用手拉就行。"

儿子和媳妇们不知道田老汉葫芦里卖的是什么药，只好照着他说的去做。正如大家所料，这一根单薄枯黄的稻草，自然是一拉就断。

然后，田老汉又从床头摸索出一根草绳让他们拉，这下子，儿子和媳妇们用了吃奶的力气，也没能将草绳拉断。

田老汉对孩子们说："你们看，这个稻草它很脆，一拉就断。但是呢，还是这些稻草，它们紧紧地缠绕一起结成了绳索，就很难拉断了。"看着孩子们一言不发，田老汉又说："你们兄弟几个，也要像这草绳一样，团结互动，这样才能把日子过得更好。我怕是命不久矣，我死了之后，你们可要和睦相处。"说到这儿，田老汉突然剧烈地咳嗽了起来，咳出一团鲜血溅得四处都是，儿子媳妇们还没有来得及给他擦拭，就看见他头一垂，手也放了下来。

田老汉撒手人寰之后，田家三兄弟开始还牢记着老父亲的嘱咐，勤勤恳恳地劳作，和和睦睦地生活着。俗话说，三兄四弟一条心，田里泥土也变金。一晃几年过去，田家的日子也是蒸蒸日上，越过越好。最小的兄弟田老三也娶了妻生了子。

可是想不到老三的媳妇非常自私狭隘，她见不得一大家人一起吃饭，一同存钱，一起劳作，老是觉得自家太吃亏，一直撺掇着丈夫和两个哥哥分家。

开始，田老三自然不肯。他媳妇说："人家都说，亲兄弟，明算账。你看自古以来，有谁家弟兄不分家的？"

田老三说："咱家一直是大哥当家，他可从来没有一点儿私心。"

媳妇说："你也太傻了吧！你看看他家，生了三男四女七个孩子，带上他两口俩就是九口人，而咱们才成家不久，是吃得过人家，还是穿得过人家？"

媳妇的这番话，听上去也很有道理。田老三被媳妇一说，心里也活泛起来，第二天一早，就找到了大哥二哥说："哥哥，亲兄弟，明算账。分家这事儿看丑不丑，我想要自立门户，自个儿管着自个儿的小家。"

田老大一听，就明白了是兄弟媳妇想要分家。想到如果不答应他，反而显得自己有私心。于是，他和老二一合计说："分家也行。明天，咱把娘舅请来，让娘舅给咱们分分。"

第二天一早，田老大就把娘舅请来主持公道。娘舅不偏不倚，把田地、房屋、农具、粮食全部按三份划分。他说："分一次家，就要分得彻底，分得公平。老大老二老三，你们对分家有啥意见？"

老三媳妇说："咱家门口的那棵紫荆树咋分呢？"

原来，田家的大门前，有一棵枝繁叶茂的紫荆树。这棵树，至少也有好几百年了，它华荫如盖，异常繁盛。春天的时候，女人们在树下织布、纳鞋底，夏天的时候，男人们在树荫下乘凉、吃饭，一家人其乐融融。可这回分家该怎么分呢？

娘舅沉吟了半晌，也没有想出个好办法："要是想要公道，那咱就将树锯倒，三段平分。"看弟兄三个都没有意见，娘舅就说："那就这么说定了。今天晚上把锯子准备好，明天一早就动手。"

没想到，第二天早上大家起床一看，那棵紫荆树竟然一夜之间枝枯叶落。兄弟三个不禁触景生情，想起小时候在树下追跑玩耍的情景，想起了父亲临终时的叮嘱，于是，兄弟三个抱住大树放声痛哭。街坊邻里看到了，也觉得实在是太奇怪。

田老大说："兄弟同心，树木同根。连这棵紫荆树都记得父亲说过的话，可是我们却给忘记了。"老二、老三都低下了头，老三的媳妇羞愧不已："是我太自私了，不该闹着分家。"从此，弟兄三家和和睦睦，再也没有闹过分家。

哪知道，到了第二年的春天，那棵已经枯死的紫荆树居然又抽出了嫩枝，还开出了美丽的花朵！不光田家，就连整个村的人都啧啧称奇。

也就是从这个时候，人们把紫荆树当成了和睦树。不仅家家户户都在家门前种植，而且"弟兄和睦，紫荆抽芽"的谚语也流传到了今天。

"锄头底下出黄金"：谚语中的传统美德

　　杭州有句谚语："锄头底下出黄金。"意思是说，庄稼只要勤侍弄，就能获得好的收成。人只要勤劳能干，就会得到好的结果。

　　从前，有一个勤劳的庄稼人，却偏偏生了三个懒惰的儿子。这三个儿子从小就好吃懒做，每天东游西荡，就知道衣来伸手，饭来张口。地里的农活全是老人一人操劳。眼看着父亲一天天老去，弟兄三个依然是无动于衷，没有丝毫的改变。

　　这年秋天，老人病倒了。可是，眼看就要到了种麦子的时候，他家的田地却没有来得及翻一下。

　　老人躺在床上，可怜兮兮地央求儿子们："种地可闲不得，时节不等人啊！晚播几天种，迟收一季粮。现在不干活儿，明年就没有饭吃啊！"

　　可儿子们懒惰惯了的，看着父亲病成这个样子，却依然是纹丝不动。老大说："让老二干吧，他比我长得壮。"老二说："应该让老三干，谁叫他年岁最小呢。"老三说："要想好，大让小，应该老大干。"弟兄三人你推我，我推你，谁也不肯干。

此时，老人感到自己病入膏肓，快要死去了。晚上，他把三个儿子叫到床前，说："我快不行了，撑着这口气到现在，就是舍不得离开你们啊！如果我死了，你们怎么养活自己呢？"

听了这话，兄弟三人可怜巴巴地，你看看我，我看看你，放声大哭："爹呀，你可不能死啊！你要死了，谁养活我们呢？"

老人此时又生气又心疼："幸好咱们祖上还传下个宝贝，那是一个金捣臼，就埋在咱家的三亩地的下面，你们去挖出来，分了过日子吧。"说完这些话，老人拳头一捏，两腿一蹬，就断了气。

三个儿子悲痛不已，他们草草料理了父亲的后事，就赶着去三亩田地里挖金捣臼。

他们生怕这个宝贝被别人偷走，所以今天挖，明天还挖，白天挖，晚上也挖，起早贪黑，一连挖了七八天，把三亩田地挖了足足三尺深，可是别说金捣臼，就连个石捣臼的影子也没有见到。兄弟三人非常失望，累得躺在田埂上叹气。

一个老人路过此处，得知这有名的懒兄弟在挖金捣臼却没有挖到后，就对他们说："既然这金捣臼你们没有挖到，那还不如种下麦子，这样，还可以一边照顾麦田的时候一边找这个金捣臼，就算找不到，明年不是也能收一些小麦吗？"

兄弟三个一听，觉得也有道理，反正已经挖过地了，那就随便种些小麦吧。

这样，兄弟三个一边侍弄庄稼，一边不死心地翻翻找找，很快就到了麦收时节，由于三兄弟的麦田管理勤谨，麦子长得很好，获得了大丰收。

也就是这个时候，兄弟三人才恍然大悟，忽然想起父亲在世时候时常讲的一句话："锄头底下出黄金。"

是啊，"锄头底下出黄金"，不管做什么事儿，只要勤勤恳恳，兢兢业业，就一定能够有个好的收获。

"九子十三孙，独自上孤坟"：恶有恶报的谚语

　　杭州有句老古话，叫作"九子十三孙，独自上孤坟"。一般是什么时候才能用到呢？比如说一个人做了极大的恶事，那么人们就会用这句话来斥骂他。关于这句话的由来，还流传着这样一个故事。

　　日暮时分，官道上走来了两人，都是赤膊短打，身上背着个大包裹。个子高一些的是阿哥，长得白净，只是一双三角眼偶尔骨碌转动，带出几分奸猾之相。个子矮的是阿弟，面容黝黑，浓眉厚唇，看起来十分憨厚。这两人是一对结拜兄弟，一同在外闯荡，做些小本生意赚钱养家，虽不能大富大贵，但也能勉强赚够了糊口之用。这次两人出去半年，赚了些许零碎银两，为了能节省点差价，又在府城里买了诸多家用之物带回。

　　赶路半天，又扛着偌大的包裹，两人都有些累了。阿哥用手背抹了把头上的汗，嘟囔道："累死累活，一年没赚到几个铜钱，也不知什么时候能发个横财，就再也不用出去奔波了。"

　　阿弟憨笑道："阿哥，哪里去发得横财，我倒是觉得现在已经蛮好，虽然辛苦了些，好赖还能养家糊口，

153

咱们也不至于饿到肚皮。"

阿哥翻了一下白眼，道："古话说得好：'人无横财不富，马无夜草不肥。'像你我这般，为了省几个铜钱，家用的物什还要从府城背回来，连车马费都不舍得花，全靠两条腿走路，即便如此俭省，又何时才能讨到媳妇，攒下偌大家业？"

阿弟听了，看了看阿哥，把自己的包裹往一边肩膀上一担，伸手取下阿哥肩上包裹，一使劲儿都搭在肩上，憨笑着道："阿哥，你是累了吧，你且歇歇，让我先背着，前面也快到客栈了，歇过一夜，明日再行上一日，晚上也就到了家。至于讨媳妇，咱们再攒个一两年，阿哥也能大大方方讨上一房媳妇儿了！"

阿哥揉了揉肩膀，又拍了拍腰，伸展了一下四肢，叹道："哎哟，累死个人！"

阿弟又笑道："阿哥，虽然咱们累点儿，但咱的心踏实，哪儿有什么横财，有也未必拿得住。阿弟劝你一句，暴富未必是福气，不是自己双手赚来的，别再遭什么祸灾才好。再说，咱们也别想这事儿了，反正也没那个机会的。"

阿哥翻了个白眼，觉得这个结义兄弟实在是憨货，也不再出言，只往前走去。

没多久，两人走到了前面集镇，兄弟二人投宿了一家客栈，开了一间最便宜的房。累了一天，两人胡乱吃了口干粮，稍微洗漱就躺倒大睡。睡到天色蒙蒙亮的时候，阿哥觉得肚子不舒服，便起来去茅厕解手。此时即将凌晨，茅厕里虽然略有些昏暗，却也能看个大概。里面有个白发苍苍的老人在解手，前面的地上还放着一个包裹。那老人见到有人进来，急急伸手把包裹拿到怀里。仓促之间却是没拿好，包裹的系角松散了一些，里面骨碌碌滚出一块亮闪闪的物事。阿哥定睛看去，清晰看到那是一锭银元宝！

阿哥心头一颤，一眼看向那老人的包裹，那老人也吓了一跳，赶紧拾回掉落的银元宝，把包裹抱紧在胸前。阿哥扫了周围一眼，茅厕中只有他和老人，四周寂静无声，他眼前只剩下那亮闪闪的银元宝，那老人有一包裹银元宝，那么多的银元宝，如果是我的就好了！他忽然恶向胆边生，假装解手，走到老人身旁，却是忽然一拳打中老人头部！那老人本就羸弱，都未来得及喊叫，一头栽倒在茅坑里，脑中震荡，又被那粪便堵住了呼吸，竟是当场丧命！

阿哥捡了包裹，转身就跑。回屋后他迅速把小包裹藏在自己的大包裹中，推醒阿弟，催他天亮了赶紧上路。阿弟迷迷糊糊睁开眼睛，天际刚泛起一丝鱼肚白，他也想早些归家，便背起包裹与阿哥一起上了路。

一路上，阿哥神色慌乱，只拼命向前走去。阿弟跟在他后面，心中有些奇怪，笑道："阿哥，你今天倒是好脚力。这是想快些回去讨媳妇儿吗？"

阿哥也不答话，心中思忖：此事恐怕很难瞒过阿弟，天明之后，若是被人发现那老头死在茅厕中，官府必然要查找缉捕，我需得阿弟给我作个供证，证明我不曾起夜到茅厕中去，两人对好口供，方可万无一失。打定了主意，把银元宝分与阿弟一些，哪怕给出去对半，也要把这事掩藏下去，阿弟若拿了这银元宝，便是上了我这贼船，除非他想被官府逮拿吃那人命官司，否则便万万不敢把我再供出去。

想罢，阿哥继续前行，两人一口气行出了十余里路，已是过了午时，旁边有一处树林，阿弟道："阿哥，在林荫下歇歇罢，吃些干粮再走。"

阿哥便与阿弟进了树林，拿出水囊和干粮，两人吃罢，阿哥从自己包裹中取出小包裹摊开，一锭锭银元宝霎时露了出来。阿弟傻眼了，问道："阿哥，你怎的有这么多银元宝？"

阿哥道："阿弟，我得了一笔横财，这笔钱且与你一半吧！"说着，便把元宝往阿弟手上放。阿弟一边推一边急道："阿哥从何处得来？你若不说，我定然不收！"

阿哥想了想，含含糊糊把事情讲了个大概。阿弟又惊又怒，慌地起身："那老伯可还有救？现在赶回不知是否还能救活！"

阿哥道："我试了鼻息，已经没气了。"

阿弟气急，在地上团团乱转，斥道："谋财害命，阿哥，你这是铸成了大错！"

阿哥道："阿弟，这银元宝给你一半，有了这钱，我们就是富贵人家，再也不用奔波了。我只求你，若是官府查到，你便说我们两人始终在一起，未曾离开去过茅厕。"

阿弟愤然而立："阿哥，你我是结义兄弟，之前在外谋生，阿哥几次对我照顾有加，这恩情我记得。但你谋人性命，这种行径实在令人不齿！我不去主动报官，便算是我报了你的恩情！但若是官府查到，我定会实话实说，不会为你隐瞒，不然对不起那屈死的老人家！从今以后，你我再也不是兄弟！"说罢，阿弟背起自己包裹，转身大步离去。

阿哥看着阿弟背影，心中恶念又起，只是此地已近村镇，何况两人一向同来同往，且阿弟身体健壮，真若打起来也未必能打赢他。阿哥各种念头心内翻涌，想到最后还是决定就此作罢，也背起包袱自归家中。

第二日，心内惶惶的阿哥偷偷去镇上打听了一下，倒是有人听说前方客栈的茅坑里死了个过路的老人，官府验看，却也没有外伤，最后结论是老人在上茅房的时候失足跌倒，因而溺毙了。阿哥听得如此，一颗心顿时放回了肚中。他归得家中，也不再出去做生意，用那银元宝买了上百亩上好良田，又置办了一座大宅，每年只收租这一项进账就有不少银两。他又娶妻纳妾，前后娶了九房媳妇，儿女成群，人丁兴旺，几十年之间，竟然得了九个儿子、十三个孙子。

当年的阿弟自从回家之后，就再也没和阿哥来往过。他不想看到阿哥，搬离了这个小村子，踏踏实实做些小生意，虽然不是很富裕，但也能衣食无忧。每次听到阿哥家的一些事情，又添了个儿子，又添了个孙子，又置办了田产之类，阿弟在没人的时候总会气愤地自言自语："做了这样的恶事还没有报应，天老爷勿生眼睛，财神菩萨走错门，送子观音勿灵清。"

这年清明节，阿哥领着九个儿子、十三个孙子，满满一船到对江上坟。船到钱塘江中心，突然之间，乌云聚集，狂风大作，天昏地暗，小船飘摇在江中心，儿孙们惶急乱喊，阿哥急忙喊艄公救命，却是一个大浪打来，顷刻之间，船只倾覆，一船子孙全部落水溺亡。艄公只捞出来阿哥，拼了力游到对江。说也奇怪，此刻倒是云散风消，再也没有刚才的风浪滔天。艄公小声嘀咕着："这怕不是天老爷降下的惩罚吧！"

阿哥心中一跳，最初的几年他还有些隐隐不安，怕有一天事情败露，但这么多年过去，他越过越好，早就就把当年做的恶事忘到了脑后。而如今，他凄然回望，只见江水滔滔，曾经的人丁兴旺都葬在这江水中，自己做的孽，终有一天受到了报应，却是让自己的子孙来偿还了！他昏昏沉沉走到了祖坟，哭喊道："都是我啊，我做的孽啊！如今只剩我一个啊，九子十三孙，独自上孤坟！"

江水滔滔，江风呼啸，仿佛是来自上天的斥责……而后世，人们就以"九子十三孙，独自上孤坟"来骂那些谋财害命的人，是要断子绝孙的。

"螺蛳壳里做道场"：一字之差改变的有趣含义

杭州有一句俗语："螺蛳壳里做道场。"螺蛳壳嘛，小小的一只，在壳里做道场又怎么能做得下呢？这句俗语的意思就是说：人多地方小，施展不开来。其实，这话原本应该是"螺蛳壳上做道场"，只是流传的时间久了，弄错了一个字。

过去，人们为了生计整日奔忙。俗话说"靠山吃山，靠水吃水"，住在钱塘江边的农民就会捡拾一些江边的水产来贴补家用。江岸边的礁石上或者水滩边，有很多大的螺蛳，人们捡拾了一篮一篮的螺蛳，挑到城里去卖些钱。但由于螺蛳外面一个壳，吃起来麻烦，所以经常卖不出去。有一天，一个聪明的妇人捡拾了螺蛳回来后，她先把螺蛳煮熟，然后挑出螺蛳肉，再去城里卖挑好的螺蛳肉。果然，没有壳的螺蛳肉受到大家的欢迎，一会儿工夫她的螺蛳就都卖光了。她回来后告诉了周围的街坊邻居，大家都觉得是个好办法，于是纷纷效仿她的做法。每家扔掉的螺蛳壳又倒在江边的沙滩上。时间久了，江边的螺蛳壳越来越多，堆积得像小山一样。

那时候，钱塘江来往通行很不方便，过江要乘坐私人的摆渡船，等待乘船的人坐满以后，船夫就会载着大家驶向对岸。但江上风急浪高，有时候船只遇到风暴，就会有船覆人亡的危险。几百年来，很多人死在了钱塘江的风浪里。为了求个平安，也为了祭奠逝去的人，每年农历七月十三到十五，人们就在江边设坛，做三日三夜的道场超度亡魂。做道场时，要摆上桌椅，设立道坛。沙滩松软而且有潮汛涨落，桌椅放着不稳当，而旁边的螺蛳壳堆积得很高又很结实，所以人们把桌椅摆在山一样的螺蛳壳上。就这样，"螺蛳壳上做道场"这句话就由此而来。久而久之，人们流传的过程中又演变成了"螺蛳壳里做道场"。

"隔壁麻糍当不来夜饭"：小俗语中的大道理

　　杭州有一句俗语："隔壁麻糍当不来夜饭。"意思是说，自己的困难要自己解决，不要指望别人来帮你。

　　民间流传着这样一个故事。在一个美丽的小村子里，有一对老夫妻，年纪很大了，没有儿女，没有依靠，只能互相照顾。但由于年纪大了，耕田也耕不动，种地也种不好，一年到头也赚不来几个钱，只能勉强温饱。老夫妻的房子在村头的大樟树下，村子里的人都喊他们"樟树爷爷""樟树奶奶"。

　　老夫妻隔壁还住着一户人家，这家人心地善良，见老夫妻生活困难，就经常给他们老两口送点儿吃的。每到节日，这家人自己做了什么应时物品，都要给前面的老夫妻送一些让他们尝尝。像元宵送两碗汤圆，清明送几个青团，端午再送几个粽子……

　　这年冬至的时候，村子里家家户户都在做麻糍，蒸饭、捣臼，夹杂着小孩子的欢闹声，十分热闹。不过樟树爷爷和樟树奶奶家里还是一如既往的冷清，家里没钱买糯米，就算有糯米，捣臼是个力气活儿，老两口谁也做不动了。

　　眼看着就要吃晚饭的时候了，樟树爷爷对樟树奶奶说："今天是冬至，咱们不做夜饭了，等着吃麻糍吧。我想着后院的孩子还会给送来的。"樟树奶奶仔细听了听，隔壁果然传来了捣臼的声音。刚好她也不太想烧菜了，就说："那就不烧饭了，等着麻糍当夜饭。"

　　很快，天完全黑下来了，隔壁的捣臼声停了。老两口围着火炉，等着邻居给送麻糍来。可是等着等着，夜已经深了，老两口又饿又困，隔壁还是没有给他们送麻糍来。樟树爷爷和樟树奶奶也不想等了，两人就饿着肚皮睡下了。

　　平时，每次逢年过节，隔壁邻居都是做好了就给老两口送过来，这次怎么到了半夜都没来呢？原来，邻居家因为一些事情耽搁了，等想起来已经很晚了，他们想着，老人睡得早，这时候肯定已经睡下了，又不是什么大事，

二十四节令：小暑
东坡麻糍

东坡麻糍

送几个麻糍，第二天再送过去也不迟。就这样，老夫妻饿了一晚上的肚子。

后来，这事情传了出去，听到这事儿的人都说："隔壁麻糍当不来夜饭啊！"

"和尚不修行，永兴永勿兴"：
皇帝金口玉言传下的谚语

杭州有一句谚语："和尚不修行，永兴永勿兴。"意思是说如果出家人不好好修行，那他所在的永兴寺就永远不要兴盛了。这句谚语是来自于有关乾隆皇帝的一个传说。

相传，清朝的乾隆皇帝很喜欢微服游历江南。有一次，他又下江南游玩，来到了杭州。

乾隆在杭州游山玩水，优哉游哉，很是惬意。这天，他来到了位于留下镇的永兴寺。永兴寺建于唐朝，香火很旺盛，传说济公大师曾在这里讲过佛法。一路上古木参天，环境清幽，寺内佛香袅袅，安宁静谧。乾隆正四处参观，忽然闻到了一股香味，他仔细闻了闻，居然像是煎鱼的香气。乾隆心里想：不对啊，和尚吃素，难道我闻错了？还是说，有小和尚不守戒律，偷偷吃荤？

想到这里，乾隆顺着香味寻过去，走到了一个靠河边的小房子里。这回他找到了罪魁祸首，根本不是什么小和尚，而是一个年纪挺大的老和尚。老和尚正在煎鱼，锅里的鱼半面已经煎得金黄，正等着翻开再煎另一面，灶台上边还放着一碗已经剪过尾煮熟的螺蛳。

乾隆一看很是生气，出家人不守清规戒律，而且这又不是刚出家的小和尚嘴馋不懂事，这位老和尚白须白眉，看起来一副得道高僧的模样，怎么能做出这样的事情呢？

乾隆走上前，故意指着鱼问："敢问大师，锅中何物？"

老和尚微微一笑，说："此物乃是池中游。"

乾隆又问："碗中又是何物？"

老和尚回答说："石上爬。"

听了老和尚的回答，乾隆更生气了。他觉得老和尚身为出家人，居然杀生吃肉，而且回答问题还带刺，明明是煎鱼煮螺蛳吃，还狡辩得理直气壮，简直就是欺君犯上！但是他此刻是微服私访，也不好直接给老和尚定罪，就故意问："大师，宝刹居然有此活宝，当真能游会爬？"

老和尚看了乾隆一眼，伸手把碗里的螺蛳倒进了锅里，口中说道："你不愿爬上来就下去。"然后转头对乾隆说："你看这鱼在用乌珠白我，既然池（杭州话中，池与寺发音很像）太小，就到外面去游吧！"

说完，老和尚把锅里的螺蛳和鱼都向河里面倒去。

没想到，那已经煎得半面焦黄的鱼，落入水中之后居然摇头摆尾的就游走了，而烧熟的螺蛳一颗颗趴到了河里的石头上，居然都复活了！

留下镇古街

　　乾隆见到眼前一幕，心知眼前这老和尚的确是一个得道高僧，但他嫌老和尚并不尊重、畏惧自己，还反过来讽刺，不禁有点儿恼羞成怒，便说道："和尚你能使死鱼复活，熟螺复生，真是一个人精。"说完，乾隆就气呼呼地走了。在走到永兴寺大门出去的时候，乾隆恨恨地踹了一脚门槛，说："和尚不修行，永兴永勿兴。"没想到，皇帝金口玉言，把那个老和尚封了一个"人精"的称号，从此老和尚一直也升不了天，成不了佛，而永兴寺也逐渐开始衰败下来。

　　而留下镇的小河里，却多了一种一面雪白、一面焦黄的鱼，大家叫它半焦鱼；河边溪沟石缝中也开始有了一种没有尾巴的螺蛳，大家叫它无尾螺。而"和尚不修行，永兴永勿兴"这句话也流传了下来。

"讲话轻刹刹，磨子石压压"：惩治言辞油滑的谚语

"讲话轻刹刹，磨子石压压"，这也是流传在杭州民间的一句谚语。讲的是某些人口出恶言，轻飘飘地说出了伤人的话，就应该接受因为出口伤人而带来的惩罚。这里还流传着一个故事。

从前，有个员外叫郭子和。他为人谦和、周济民众，口碑很好。这天，郭子和到东王庄李员外家去拜客。李家有个新来的小伙计，看到大名鼎鼎的郭子和后，就小声地问身边的人："这个老头就是恶丝虫？"这个小伙计平时嘴就有些刻薄，他都不认识人家，就先给人来了一句损人的话。身边的人没搭理他，白了他一眼走掉了。

这句悄悄话声音很小，可还是被郭子和听得一清二楚。

他并没有当场发作，只是眼神轻轻地掠过了那个伙计一下，什么话也没说，转身就离开了。这个小伙计也没当成一回事儿。直到郭子和拜别主人回去时，向李家借用了一对石磨。

这对石磨很大，两扇合起来最少也有三百多斤重。

于是，掌柜的就吩咐那个新来的小伙计挑着这对石磨，给郭子和送到家中。

小伙计把两扇石磨结结实实地绑在挑杆的两头，挑到肩膀上面，跟着郭子和赶路。

一路上，郭子和的脚步很快，这新来的小伙计使尽全身力气，才勉勉强强地跟上郭子和。可是石磨非常重，压得人实在受不住，小伙计挑在肩膀上不一会儿，就磨出了血泡泡。即便这样，他也得咬着牙坚持着。

几乎是一步一熬，他们一前一后走到一座桥前，此时，小伙计已经累得气喘吁吁，大汗淋漓。

只见郭子和停下了脚步，客气地对小伙计说："走了这么久，累了吧？要不你歇一歇，喘口气，我帮你把这对磨盘抬过桥去？"

这小伙计听了，非常感激，连连道谢："行啊行啊！那真是太好了！你真是大好人！"

两个人把扁担当成抬杠，把两扇石磨分开，先把其中的一扇石磨抬过了桥。卸下石磨，小伙计转身回去准备抬第二扇石磨时，却看见郭子和居然看也不看，径直离开了。

小伙计急忙大喊："郭阿爹，磨盘还没有抬完，不是还有一块吗？"

郭子和转过身来，拍了拍身上的灰尘，说："我可不敢当你的郭阿爹，你刚刚不是还说我是'恶丝虫'嘛！实话告诉你，我家有石磨，你还是挑回去吧！我就是叫你尝尝'讲话轻刹刹，磨子石压压'的滋味！"

说完，郭子和拂袖离开，只剩下小伙计呆呆地站在那里，懊悔不迭。

从此之后，小伙计谨言慎行，再也不敢出口伤人了。

"畜牲的屁——臭煞"：谚语中的嬉笑怒骂

"畜牲的屁——臭煞"，这是讽刺一些刻薄的人，说出的话比畜牲的屁还臭。

很久以前，杭州下面有个村叫叶村。叶村有个为人非常刻薄的财主，对家里的雇工挑三拣四不说，还常常指桑骂槐，简直就是"叶扒皮"。不管是长工还是短工，只要是被他家雇佣，他就会分分秒秒地盯着人家，恨不能一个人当五个人用。

每天，他都会去田塍上东转西游地监工，不管别人有没有干活儿，只要他一开口，准是训人骂人。看到别人停顿了几秒喘了口气，他就会破口大骂："不出力的东西，还不如一头牛！"看到有人喝口水擦了一把汗，他就开始训斥："喝水的工夫活儿都干完了！"

叶财主整天不是训这个农活儿做得不好，就是骂那个不舍得出力。劈头盖脸的骂声让长工们十分郁闷。

这一年，有个叫念四胡子的人在他家打长工。念四胡子可是方圆几十里远近闻名的种地能手，他不仅田耕得又平又直，而且秧插得也又匀又好，可这老财主还是不满足，整天骂骂咧咧，鸡蛋里边挑骨头。

一天下晌，念四胡子正在耕田，财主又来地里监工了。只见他一到田塍上，就神气十足地叉着腰，摆开了要教训人的架子。可是，还没等他开口，念四胡子居然不声不响地直接丢下犁耙走开了。

财主问："好你个念四胡子，我雇你就是让你来耕地的，为啥你丢下犁不耕？我要扣你工钱！"

念四胡子郑重其事地说："东家，你可不知道这头牛，脾气大得很呢。你看，它现在站田塍不动弹，那马上可就要砰砰砰放屁了。畜牲的屁——臭煞！所以我要躲远点儿，等它不放屁了，我再干活儿。"

财主一听，赶紧倒退了几步，可是马上，他就意识到，这是念四胡子指桑骂槐地讽刺自己呢！他真恨不得把这家伙狠狠地臭骂一顿，可是，看着地里那么多人等着看笑话，他也怕再引来一番讥讽，于是，他就像是一只斗败了的公鸡，赶紧夹着尾巴逃走了。

也就是从那个时候起，这个老财主再也不敢无缘无故、有恃无恐地训人骂人啦。

可是，这依然不能妨碍"畜牲的屁——臭煞"这句话在叶村传开，直到现在，如果有人无事找事，周围的人也会用这句谚语来讽刺他。

"城隍山上看火烧"：民间俗语中的民心向背

杭州人有一句俗语，是"城隍山上看火烧"，讲的是一个民心向背的故事，对于祸害百姓的官兵，在他们危难之际，百姓必定也会袖手旁观。

相传故事发生在清朝的咸丰年间。当时清政府已经朝政腐败、民心背离，而最初军纪还比较严明的太平军深受百姓爱戴。

有一年，所向披靡的太平军已经攻到了杭州，把杭州城包围得水泄不通。多年来，城里的老百姓深受清政府压迫，所以这些老百姓都高兴万分，盼望着太平军早日攻进杭州。

有人欢喜有人忧。由于太平军的战斗力非常强，再加上民心所向，让驻守在杭州城里的清军官兵们胆战心惊。

这些当官的清军将领平时耀武扬威、不可一世、欺压百姓、鱼肉乡里，甚至连手下的侍卫也呼来唤去，抬手就打，这个时候，居然变成了热锅上的蚂蚁，招来所有兵勇的大小头目，整天在大营里商量对策。

这天早上，清军将领又在召集幕僚部将，商量着如何退去太平军。忽然探子来报："报告将军，刚刚探查到城外太平军正在大肆地收集松香、硫磺、火药、弓箭等东西。"

听了这句话，坐在中间的清军主将一下子从坐椅上跳了起来："这丧心病狂的太平军，强攻不下，居然想起了火攻？如果用火攻，杭州城里兵营连着兵营，房屋连着房屋，一旦遇到火，那可是火烧连营啊！如果这样，怕是连逃命都来不及了！"

大营里的其余部属也都大惊失色："那怎么办？要不，我们连夜退守？或者，今夜突袭，来个鱼死网破？"

在所有人惊慌失措一筹莫展之际，一个名字叫汪飞的幕僚躬身起来对主将说："将军不要着急，我有个计策，不知道当讲不当讲？"

"这个时候了，哪儿有什么当不当讲，快快说来！"主将瞪他一眼，这个时候卖关子，真是该打。

汪飞说："的确，我们城中营房相连，最怕的是火攻，但是，俗话说，水来土掩，火来水浇。只要咱们准备好扑救的措施，也无须害怕火攻。"

这不是废话吗？还能称得上计谋？主将气得不轻："水火无情，这大火一起，必然人荒马乱，还谈什么救火？你是站着说话不腰疼！要不，赏几十个板子？"

汪飞连连说道："将军别慌，等我说完。你看，这杭州城中，就数城隍山的地势最高了，只要登上山顶，这满城都在脚下。不如这样，可以派人在山上瞭望，发现哪里有火苗，就指挥人去哪里扑救。"

明眼人一听就知道，这不是隔靴搔痒吗？这全靠人力进行，从发现到指挥到灭火，怎么也都需要时间的吧？

但主将不这么想啊，他只是觉得人不够用："帐下兵丁守城还不够用呢，哪能调往山上瞭望救火！"

"这城中有那么多百姓，共有好几十万呢，把他们驱赶到山上去，再派少部分官兵看守着他们，命令他们救火，看他们敢不听话？"汪飞说。这个时候想起了百姓，也是让人哭笑不得。

"不错不错，这个主意倒是挺好的。可用！"在主将的眼里，这个主意简直是太好了。他当众下令："汪飞听令，命你率人火速上山，如能成功拦截太平军纵火，重赏白银三千两。"

当天下午，汪飞就带领着几十个官兵，连拖带拉地，一道街一道街地，将百姓陆续赶上了城隍山。

滥官酷吏真是太可恶了，在官兵的看守下，老百姓只好舍弃家园扶老携幼来到了城隍山上。尤其是得知这些官兵的诡计之后，心里更恨透了这批人。大家想："如果太平军真的火烧杭州城，老百姓都在山上，自然是烧不着的，那这些清兵不是完蛋了吗？"这样想的时候，大家都巴望着太平军立刻纵火烧死这些清兵。

当天晚上，风刮得很大。大约三更天的时候，忽然听得一阵阵震耳欲聋的炮火声，随即，城隍山上的百姓们就看到一支支流星般的火箭铺天盖地射进城来。

大概是冥冥之中有上天的护佑，这一支支火箭都像长了眼睛似的，既不烧民房，又不烧草舍，直往清军兵营里钻。一时间，城里的清兵大营里火光冲天，加之风助火势，不过是一会儿的工夫，一片火海就沸腾了起来。

汪飞急得不行，连忙令百姓下山救火，可这百姓哪里愿意？尤其是百姓看到守护的官兵这么少的时候，更是觉得不怕他们了。

大家说："你看着大营的帐房、车马、兵甲、粮草等统统着了火。风又这么大，肯定是天意啊！现在别说是救火，不等走到山下，恐怕这火光熊熊、烈焰腾腾之下，不管什么全都烧成灰烬了！"

还有人故意说："此时的将军肯定也被火烧坏了。如果将军醒过来，知道谁出的馊主意，把他折磨成这样，肯定就会把这个人碎尸万段。"

本来呢，这汪飞还在赶百姓下山救火，听这么一说，吓得满头大汗，如果救将军，将军肯定会要了自己的命，还不如趁着没人注意，赶紧逃吧！于是，他顾不得吓唬老百姓，赶紧带着那伙兵丁逃命去了。

老百姓看到这情景，无不拍手称快："烧死这帮贪官污吏才好呢！"

一夜的大火烧得清兵大败。第二日一早，太平军就到了城里。城隍山上的老百姓们欢天喜地地下山回家了。

从此之后，"城隍山上看火烧"也就成了杭州人的一句谚语。

"灵清勿灵清，临平当德清"：
讽刺不懂装懂的谚语

在过去，杭州有临平和德清两个城镇，分别在不同的县，临平和德清都是县城所在地，比较繁华，比一般的城镇大。杭州有一句谚语叫"灵清勿灵清，临平当德清"，便是用来形容那些不懂装懂的人的。这句谚语的由来还有这样一个故事。

有个人很喜欢吹嘘，每次遇到自己不懂的事情，都会装作很了解的样子，和别人谈天说地。

有一次，他听人家说德清很是繁华，心里很是向往，想着自己以后一定要去转一转，长长见识。这天，他因为有事情办所以出了远门。他平时很少出门，当来到临平的时候，看到镇上的人熙熙攘攘，两边店铺林立，热闹非凡。他不禁想起了听说过的德清，虽然他从来没去过德清，但是想起大家都说德清繁华，所以他心想：这么繁华的地方当然是德清了！为了显得自己很有见识，他就大声地对同行的人说："看，德清太繁华了！这地方真大！"

周围听到这话的人都笑了起来，纷纷说："这里是临平，不是德清。"

同行的人埋怨他道："你搞不灵清，就不要自以为是乱认地方。"

这个人挠着头，讪讪地笑了。

这个事传开之后，人们就多了一句俗语："灵清勿灵清，临平当德清。"告诫人们不要自以为是，不懂装懂，人们不懂的事情可以问，可以学，但是可千万别做一个"灵清勿灵清，临平当德清"的人啊！

参考文献

1.董校昌主编：《浙江省民间文学集成：杭州市歌谣、谚语卷》，中国民间文艺出版社，1989年。

2.董校昌主编：《浙江省民间文学集成：杭州市故事卷》，中国民间文艺出版社，1989年。

3.吕春生主编：《中国民间文学集成：浙江省杭州市上城区故事、歌谣、谚语卷》，浙江省民间文学集成办公室，1989年。

4.朱秋枫主编：《杭州运河歌谣》，杭州出版社，2013年。

5.张发平主编，骆金伟、卞初阳、张侠燕编著：《钱王传说》，浙江摄影出版社，2015年。

6.费莉萍主编，周江鸿编著：《德清扫蚕花地》，浙江摄影出版社，2014年。

7.邱彦余编著：《畲族民歌》，浙江摄影出版社，2014年。

8.周沐照编著：《畲族传说史与畲族文化》，江西人民出版社，2017年。

9.吴一舟、陶琳、沈少英编著：《西湖传说》，浙江摄影出版社，2012年。

10.洪嫦编著:《生生不息——拱墅非物质文化遗产图说》，新星出版社，2008年。

11.张朋主编：《杭州市非物质文化遗产大观·民俗卷》，西泠印社出版社，2015年。

12.徐华龙：《非物质文化遗产与民俗》，杭州出版社，2012年。

13."西湖天下"丛书编辑部编著：《西湖寺观》，浙江摄影出版社，2017年。

14."西湖天下"丛书编辑部编：《西湖民间故事（美绘版）》，浙江摄影出版社，2018年。

15.杭州市文化局编：《西湖民间故事》，浙江文艺出版社，2018年。

16.建德市文化广电新闻出版局编：《建德非遗概览》，浙江古籍出版社，2014年。

17.郑长雨、龚玉和编著：《西溪民间故事》，杭州出版社，2012年。

18.吴关荣：《钱塘江传说》，杭州出版社，2013年。

19.吴关荣：《皋亭山传说》，中国文联出版社，2008年。

20.丰国需：《余杭老古话》，浙江古籍出版社，2018年。

21.徐永忠：《一桥跨两县》，《民间文学（故事）》2019年第7期。

22.〔清〕杜文澜辑，周绍良整理：《古谣谚》，中华书局，1958年。

23.《明史》，中华书局，1974年。

24.《宋史》，中华书局，1977年。